1254

LA COUR
DE BLANCHE.

FLEURS D'HIVER.

PAR V. C. DES GIMÉES.

Sans renoncer aux vieux, plein de nouveaux projets,
Je les tiens; dans mon camp, partout je les rassemble,
Les enrôle, les suit, les pense tous ensemble.
S'égayant à mon gré, mon ciseau vagabond
Achève à ce poëme ou les pieds ou le front.
                                        ANDRÉ CRÉNILE.

Paris.

RORET, LIBRAIRE, RUE HAUTEFEUILLE, 6.

1839.

LA
COUR DE BLANCHE.

FLEURS D'HIVER.

LA
COUR
DE BLANCHE.

FLEURS D'HIVER.

Par **V. C. DES GIMÉES.**

Sans renoncer aux vieux, plein de nouveaux projets,
Je les tiens; dans mon camp, partout je les rassemble,
Les enrôle, les suit, les pousse tous ensemble.
S'égarant à mon gré, mon ciseau vagabond
Achève à ce poëme ou les pieds ou le front.

ANDRÉ CHÉNIER.

PARIS.

RORET, LIBRAIRE, RUE HAUTEFEUILLE, 6.

—

1839.

Quitte mon humble toit; va, ma Blanche chérie,
Implorer du rêveur un doux regard d'amour.
Puisse au sein des hivers ta guirlande fleurie
Des outrages du temps garder ta jeune cour!
Puisse le paladin, d'un siècle de lumière,
Marcher à tes côtés gracieux et courtois;
L'astre aux brûlans rayons, à la parole altière
Elever pour ta cause une éloquente voix!
Puisse le froid oubli respecter ta couronne;
Ah! quand ma muse a fait appel aux nobles cœurs,
Comment craindre pour toi les autans destructeurs!...
Dans chaque âme où le mot gloire, grandeur résonne,
Blanche, tu dois trouver un écho de tes Fleurs.

LA

COUR DE BLANCHE.

Allora un non che soave e piano
Sentii ch' al cor mi acesse, e vi s'affisse:
Che serpendomi poi per l'alma vaga,
Non se come, divenne incendio, e piaga.

Le Tasse.

Il était nuit, le Ménestrel folâtre
Plus n'exhalait ses chants mélodieux ;
Son léger luth, de liesse idolâtre,
A ses côtés dormait silencieux ;
Quand une voix, s'échappant de la nue,
A réveillé la muse aux doux accens :
— « Beau Ménestrel ! va, pour ta bienvenue,
» De la pitié faire entendre les chants ! »

Et d'un palais, aux fastueux portiques,
Il a franchi le seuil hospitalier.
Un frais essaim de beautés fantastiques
Guide les pas du Barde chevalier ;
A deux genoux, près de la châtelaine,
Il vient jurer un servage d'amour.
— « A mes destins, pour ce soir je t'enchaîne,
» A mon côté, place-toi, Troubadour ! »

Sous ses voiles qu'elle était belle
La veuve des murs champenois !
Tel, l'ange des cieux se révèle
A l'accent de sa douce voix.
Dans ses mains d'albâtre elle agite
L'écharpe, gage d'un vainqueur.
Le sein du beau Barde palpite,
Plus vite il sent battre son cœur.

Point ne lui semble coutumière
La splendeur de ce brillant jour.
Blanche tient-elle cour pleinière ?

Ou tient-elle une cour d'amour. —
Ouvrant la poétique arène
Aux tenans des doctes ébats,
Veut-elle, aimable souveraine,
Du cœur apprendre les combats ?...

—Veut-elle savoir la comtesse
Si mieux vaut aimer ou haïr ? —
Si d'un amant la folle ivresse
Sans retour doit s'évanouir ? —
Si mieux vaut la mort d'une belle
Que son capricieux dédain ?...
Si l'absence d'un infidèle
Guérit de l'amoureux chagrin ?

Bientôt son âme est arrachée
Aux rêves d'un galant champ clos.
Vers lui la comtesse penchée,
A voix basse exhale ces mots :
— « Ménestrel ! accorde ta lyre.
» Vois ce don, il deviendra tien :

» Que, gémissante, elle soupire
» Le tendre mode Lydien.
» Que d'autre fois, une mâle harmonie
» Réveille les cœurs endormis. ―
» Que tes accords, enfans de la Phrygie,
» Chassent loin de nous jeux et ris. »

« Le noir Borée à la cité troyenne
» Prodigue, hélas ! ses plus âpres fureurs.
» Glace et frimas, couvrant l'aride plaine,
» Du vieil hiver étalent les rigueurs ;
» Sur nos guérets une couche neigeuse,
» Etend au loin son funèbre linceuil ;
» Et de nos murs, la plèbe malheureuse,
» De la saison porte le sombre deuil. ―

» A mille maux l'hiver donne naissance,
» Mille besoins surgissent sous les toits. ―
» Cachée aux yeux, la timide indigence,
» N'ose élever une plaintive voix.
» Dans ce palais, s'il est quelqu'âme tendre,

» Il est aussi d'inexorables cœurs.....
» Beau troubadour, ici fais-nous entendre
» L'écho caché des mortelles douleurs !

» De la pitié fais répandre les larmes,
» Fais triompher cette fille des cieux.
» Fais qu'attendris, les cœurs trouvent des charm(
» A soulager le pauvre soufreteux ;
» De ses besoins peins l'angoisse cuisante,
» Dis ses douleurs durant les noirs frimas,
» Révèle-nous sa lutte déchirante
» Avec la faim, sœur du fatal trépas ! —

» *La Charité !* — c'est le mot de la lutte :
» Barde, il s'agit de rappeler ses lois. —
» Vois ce rival, — c'est lui qui te dispute
» Le don sacré de proclamer ses droits !
» Beau Ménestrel, — j'en appelle à ta lyre, —
» Vite choisis tes plus tendres accens.
» Hors de ces murs tout un peuple soupire,
» Le froid grandit, — ménageons les instans ! »

Ainsi parle la noble Dame,
Reine de ces magiques lieux.
Elle a dit ; un rayon de flamme
Semble jaillir de ses beaux yeux. —
De sa blanche main elle donne
Le grave signal du combat.
On se tait. — La harpe résonne,
Prélude au lyrique débat.

Enfant de la Calédonie,
Fils dégénéré de Morven,
Un Barde à la mine fleurie
S'avance le théorbe en main ;
Frais champion de l'égoïsme,
Avec ardeur il va joûter ;
La lice s'ouvre au sybarisme,
Silence ! — l'Anglais va chanter.

Iᵉʳ MÉNESTREL.

Qu'un autre de la gloire
Vante les verts lauriers.
Au temple de mémoire
Guide nos chevaliers.
A la seule liesse
J'ai voué mes tensons ;
Ma harpe, avec ivresse,
Lui prodigue ses sons.

Qu'un autre, à l'indigence,
Vienne prêter sa voix,
Et de la bienfaisance
Vante les douces lois ;
Moi ! Ménestrel volage,
Aux fantasques accens,
Je chante du bel âge
Les plaisirs séduisans.

Tout pour l'heureux se pose ;
Au printemps radieux,
La jeune et tendre rose
Naît pour charmer ses yeux.
La rive bocagère
Abrite ses amours ;
Aux pieds de sa bergère,
Il croit aimer toujours.

Sous la riche coupole,
Il rêve les plaisirs ;
De l'un à l'autre pole
Promène ses désirs.
A sa voix, la Turquie
Apporte ses tissus ;
La froide Moscovie,
Ses moëleux tributs.

Pour lui, point de froidure,
Pour lui, point de frimas.
La bénigne nature

De fleurs sème ses pas.
Eh ! pourquoi de la vie
Lui montrer les rigueurs !
Quand, suivant són envie,
Il goûte ses douceurs.

Oui, jouissez, fortunés sybarites !
Demeurant sourds aux ennuyeuses lites,
    Fêtez Cypris.
Eh ! que vous fait l'accent de la misère !
Des murs épais, une riche portière,
    Parent ses cris.

Laissons le malheureux dans sa triste chaumière,
Le pauvre sous son toit en proie à la misère,
    A leur aise rêver douleurs.
Ainsi le veut, mortels, la bizarre nature.
L'un foule l'édredon, et celui-ci la dure ;
    L'un rêve joie, et l'autre pleurs.

Dansez, dansez, folâtres jouvencelles.
N'écoutez point, charmantes colombelles,
   Les noirs récits:
Chassez au loin les plaintives images ;
Point ne couvrez de ténébreux nuages
   Les jeux, les ris.

L'Anglais s'est tu. — Blanche de l'œil implore
Le feu sacré du tendre Ménestrel. —
Il obéit ; et, d'une voix sonore,
   Invoque le secours du ciel.
   Il se lève, — un profond silence
   Règne sous le lambris doré.
   Paix ! — le jeune Barde cadence
   Le rhythme d'un chant éploré.

IIᵉ MÉNESTREL.

Enfant joyeux de la belle Provence,
Jusqu'à ce jour j'ai chanté le printemps,

Le tendre amour, l'éternelle constance,
Le frais zéphir, ennemi des autans.
Lyre, je crains que ta corde rétive
N'offre à mes vœux de trop frêles accords ;
Ah ! transplanté sur cette froide rive,
Dieu d'Hélicon, seconde mes efforts !

Chante le froid hiver, ô ma fidèle lyre !
Dévoile aux yeux distraits ses mortelles rigueurs ;
Pour soulager les maux qu'apporte son empire,
Ah ! fais vibrer les nobles cœurs !

O luth ! puissent tes sons, en suave harmonie,
S'exhaler sous mes doigts dans de touchans accords.
Fille des champs thébains, divine mélodie,
Viens, ah ! viens visiter ces bords !

A ma voix, que la bienfaisance
Tende la main à l'indigence.
Plus vif encor, tel que l'éclair,

Pur accord ! jaillis de ma lyre !
Que la pitié, daignant sourire,
Allège les maux de l'hiver.

O vous, mortels ! enfans de la richesse,
Vous, chaque jour, bercés par les plaisirs ;
Pour qui l'hiver est un temps de liesse
　　Trop rapide pour vos désirs ;
Dans les ébats d'un joyeux sybarisme,
Songez, songez qu'à quelques pas de vous
Le pauvre endure, en un profond mutisme,
　　Des élémens le noir courroux.

Plus vive encor ! encor, ma lyre !
Tonne, et dans un pieux délire,
Montre partant des champs d'azur,
Du ciel la foudre vengeresse,
Terrassant, au sein de l'ivresse,
Le cœur inexorable et dur.

Dans vos banquets, amis de la saillie,
Où, triomphant, règne le frais Comus ;
Ne craignez-vous, enfans de la folie,
  Satyriques fils de Momus,
Demeurant sourds aux cris de la misère,
De voir surgir sur vos lambris dorés,
La main qui trace en sanglant caractère
  L'arrêt de destins abhorrés ?....

  Mais, non, divine mélodie,
  Au sexe, charme de la vie,
  Adresse tes accords pressans.
  Pour obtenir de l'opulence
  Le denier de la bienfaisance,
  Recours à tes plus doux accens.

Oui, c'est à vous, gracieuses Sylphides,
Autour de qui voltigent les amours ;
De ces essaims, empressés et timides,
  Invoquez les puissans secours.
Du fier mortel, qui sur vos pas s'élance,

Ouvrez le cœur aux maux du malheureux ;
Un doux regard sera sa récompense,
   Et vous aurez fait des heureux !

   Oui, femmes, c'est là votre empire !
   Croyez-en les sons de ma lyre,
   La pitié sied aux fronts vainqueurs....
   Ah ! siégeant sur vos doux visages,
   Du temps dédaignez les outrages,
   Vous tiendrez le sceptre des cœurs !

Le beau Barde s'est tu ; — le tendre aréopage
   D'un cri l'a proclamé vainqueur.
— Gloire, honneur à la voix dont le mâle courage
   Vient d'emporter la cause du malheur !
     Aux pieds de la belle comtesse
     Les dons volent de toutes parts.
« — Ah ! que l'hiver, dompté, soit sans rudesse
   » Pour le pauvre de nos remparts ! »
     Ainsi, dit la femme troyenne,
     Dépouillant ses riches joyaux....

La perle, le saphir, l'escarboucle hautaine,
Vont du toit désolé calmer les sombres maux.
  L'aigrette fait place à la rose,
  Qui, sur le front de la beauté,
  Doux trône où la pitié repose,
Grave à toujours le touchant mot Bonté.

Mais l'heure fuit ; d'un généreux servage
L'heureux vainqueur va recevoir le prix ;
S'inclinant, à genoux, il réclame le gage,
Don précieux à sa lyre promis... —
L'écharpe au chiffre d'or, éclatante, déploie
  A longs flots ses replis d'azur,
  Et sur le sein du Barde ondoie
Insigne d'un triomphe aussi noble que pur.

 — Honneur ! honneur, au chantre magnanime
  Dont le luth fit couler nos pleurs !
  — Honneur, à la lyre sublime
  Qui, magique, attendrit les cœurs !...
Et d'échos en échos, dans la cité troyenne,

Le nom du Ménestrel est soudain répété,

Tandis que lui, pensif, sous le nœu qui l'enchaîne,

Presse le tendre don sur son cœur agité.

    — Rêveur, il s'éloigne et soupire. —

   Il fuit ces trop dangereux lieux.

   Il le sent, désormais sa lyre

Ne rendra plus de sons mélodieux.

Il appaisa les maux de la froidure,

    Son théorbe a su les calmer ;

    Mais il emporte une blessure

    Que nul chant ne pourra fermer.

   Le bel Auboin à l'étrangère rive

   Va demander le dictame du cœur....

   Mais, vainement, jouvencelle naïve,

   Aux blonds cheveux, à la molle langueur,

   D'un long regard à sa lyre plaintive,

   Promet Guerdon, pour Lai tendre et rêveur. —

Le rossignol des monts privé de sa compagne,

Ne porte point son hymne à de nouveaux climats ;

La rive bocagère et l'ombreuse montagne
Sont pour lui sans plaisirs ; triste, il ne chante pas.
L'oubli.... le froid oubli, vainqueur de souvenance,
Tel est du bel Auboin le but aventureux....
Traînant de bords en bords, sa secrète souffrance,
Toujours veuf de bonheur et de tensons joyeux.

—« Ouvrez au pélerin à la harpe légère ! »
  Le cor retentissait trois fois,
  Et la demeure hospitalière
S'ouvrait au Ménestrel à la touchante voix.
  Mais sa harpe restait muette,
  Son front demeurait soucieux.
En vain, riche d'attraits, la vive bachelette
Attendait de son luth les sons mélodieux.

  —« Malheur à moi ! gentille dame !
  » Plaignez le triste Ménestrel.
  » Ai perdu joie.... et de vous je réclame
  » Indulgence, présent du ciel.
  » Demain,... — à l'aurore peut-être,

»Mon luth chantera la beauté. »
Et l'aube blanchissante à l'étroite fenêtre
Trouvait le Ménestrel, comme hier, attristé.

— Quoi ! ce beau ciel d'azur à ta harpe sonore,
Barde, ne rendrait-il ses accords radieux ?
Sur ce roc exalant le feu qui te dévore,
Dis tes secrets amours à l'écho de ces lieux...

— « Demain ! répétait-il, demain... ô châtelaine !
»Près de toi, je le sens, oui, mon chagrin s'enfuit. »
Mais Auboin retrouvait sa rigoureuse chaîne,
Alors que revenait la ténébreuse nuit.

Fuyez le calme et le silence,
Vous qu'amour retient sous ses lois !
Fuyez un ciel d'azur où Zéphir se balance,
Fuyez les prés en fleurs, les coteaux et les bois !
Une nature âpre et sauvage,
Un ciel froid, des sites flétris,

Aux douleurs plaisent davantage.
Amants, fuyez les champs fleuris !
Point de bois d'orangers aux senteurs d'ambroisie,
Parfums trop énivrants pour le malheureux cœur,
Sous ces ombrages frais, l'âme d'espoir saisie
Rêve.... et se livre encore à l'avenir trompeur !
Mais, des rudes climats vous craignez la froidure, —
Eh bien ! courez le monde à l'aventure ;
Advisez fêtes et tournois :
Peut-être quelque blanc visage,
Appelant un tendre servage,
Vous rendra les jours d'autrefois.

Ainsi faisait Auboin, errant de rive en rive
Sous la robe de Menu-Vair ;
Le bienvenu dès cours il était le convive,
Et des festins joyeux voyait briller l'éclair.
Trois fois le beau printemps a reverdi la plaine ;
La terre du midi l'a salué trois fois ;
Et l'amant pélerin, à la marche incertaine,
Cherche encor le dictame à travers champs et bois... —
Haut chastel et monastère

L'ont accueilli tour à tour,
La chapelle solitaire
Et la sourcilleuse tour.
Il fait nuit, — la voûte est sombre, —
Nulle étoile au ciel ne luit. —
L'orage gronde dans l'ombre,
L'aquilon fougueux mugit.

Au sein de ce val sauvage
Quoi ! pas même un hermitage
Pour le pauvre pélerin ?.... —
Perçant la nuit, ô merveille !
Une lumière vermeille
Eclaire un parvis divin.

Au fond d'une nef obscure,
Brillant d'une clarté pure,
S'élève un modeste autel :
De la vierge du miracle,
Ce solitaire habitacle
Est le temple solennel.

— Nul bruit, partout, solitude et silence.
Là retentit seul l'écho de ses pas.
Pensif, ému, le bel Auboin s'avance.
Ciel ! aux rayons que la lampe balance,
Il aperçoit un mausolée, hélas !....

  .   .   .   .

     .   .   .   .

Il franchit le sanctuaire.
Dormant sur la froide pierre,
Un doux couple est enlacé :
Guerrier à pesante armure,
Belle à longue chevelure,
Bravent le trépas glacé.....

O ! qu'il devint rêveur le voyageur trop tendre
A l'aspect des amants unis dans le tombeau !
A ce repos divin, non, il ne peut prétendre....
Ah ! que son âme envie un destin aussi beau ! —

.   .   .   .

.   .   .   .

L'orage impétueux redouble de furie,
Mais plus terrible encor est celui de son cœur....

Ce jour a réveillé la plaie endolorie
Dont le temps déguisait l'extrême profondeur.

— « O céleste union ! — énivrante pensée !... —
　　　　　» Heureux dans le trépas,
» A tout jamais sa main dans la sienne enlacée !...
» O bonheur des élus!... » redit Auboin tout bas.
Et son œil désolé sur l'autel se promène,
D'un céleste pouvoir implorant le secours.
— « Un seul instant des cieux, divine souveraine !
» Protège de mon cœur les timides amours !.... »

　　　　Et son front touche la poussière,
Frappe désespéré la dalle du parvis.
La vierge des douleurs accueille sa prière,
Auboin par le sommeil à ses pieds est surpris.

Il rêve.... de Sezanne il franchissait la plaine.
Du paternel manoir la tourelle hautaine,
Déjà se dessinait à son œil étonné,

Quand un berceau de fleurs soudain frappe sa vue.

      Par une puissance inconnue

Auboin est tout-à-coup sous son ombre entraîné :

Sur le gazon touffu sa tête languissante

S'incline ; il va céder aux douceurs du sommeil,

Quand la reine des cieux, de gloire éblouissante,

Apparaît au milieu d'un nuage vermeil.

      Elle tient un chapel de roses,

      Roses blanches à demi-closes.

      Son regard est doux et serein ;

      Sur le beau Barde il se promène,

      Et tel qu'un pur baume ramène

      Le calme au cœur du pélerin.

— « Auboin ! dit la mère des anges,

» J'ai vu tes longs tourments et tes chagrins étranges.

» Je veux tarir tes pleurs. Vois ce chapel fleuri ;

» Quand frais il parera la reine d'une fête,

      » Que ta course s'arrête,

» D'amour tu cueilleras le dictame chéri. »

                       3

Elle a dit : dans les airs la madone céleste
    A repris son vol radieux.
Un nuage d'encens, seul après elle reste :
Enivré de parfums, Auboin ouvre les yeux.
Il s'éveille ; une fleur par le vent agitée
Du beau front de la vierge a volé sur son sein.
O miracle ! la fleur par la brise apportée
Est une rose blanche encore à son matin.
Telle ainsi dans son rêve, était cette couronne
Que la vierge promit à son cœur énivré ;
Tel, à ce doux penser, son visage rayonne,
Le front compatissant doit se montrer paré.

    — Rose trois fois bénie !
    Place-toi sur mon cœur.
    De l'autel de Marie,
    Rose, don bienfaiteur,
    Sois l'étoile brillante
    Qui guidera mes pas !
    Rose, rose charmante,
    Ah ! ne te flétris pas !

Et quand, à deux genoux, il a fait sa prière,
De l'orage bravant les dernières fureurs,
Auboin, sous le fardeau de sa harpe légère,
S'éloigne en répétant les mots consolateurs.

Les jours ont fui ; dans sa course rapide
Le Ménestrel n'a point compté les jours.
L'astre des nuits brille et lui sert de guide,
De Sezanne bientôt il reverra les tours.
Pour la dernière fois, loin des lieux qu'il implore,
Demain il saluera le lever de l'aurore ;
Il franchira la plaine au berceau d'églantiers ;
Et devisant, pensif vers la cité troyenne,
Le Barde s'achemine, un soupir lui ramène
Le souvenir trop cher des murs hospitaliers.

C'est fête, fête encore à la cour suzeraine.
Partout riants festons dans les airs balancés.
Le fronton resplendit sous une triple chaîne
De feux éblouissants aux chiffres enlacés.

Un essaim gracieux comme jadis s'avance.
— « Barde ! ne viens-tu point joindre tes doux accords
» A l'hymne triomphant qui des lyres s'élance ? —
» N'es-tu point, dis-le nous, un enfant de ces bords ? »

— « Hélas ! plus ne connais ces rives !
» Blondes beautés, lyres plaintives,
» Peuvent sans moi chanter l'amour.
» Dans le recoin d'une tourelle,
» Je ne demande, damoiselle,
» Que d'attendre l'aube du jour. »

Il a dit ; et la bachelette,
Du flambeau qui brille en sa main,
Vers une modeste chambrette
Guide le Barde pélerin.
Elle est charmante ; à demi-closes,
Des fleurs ornent ses blonds cheveux !...
Ah ! serait-ce les blanches roses
De son rêve mystérieux ?....

Penché sur le rebord de l'étroite fenêtre
Qui domine les plombs du château festoyeur,
Auboin entend les cris que la gaîté fait naître ;
Isolé, solitaire, il sent battre son cœur.
Mais ce n'est point l'écho de l'ardente Liesse,
Qui du Barde a troublé le nonchalant repos ;
Le fantôme charmant de la belle comtesse
Seul de son front rêveur a chassé les pavots.

— « Eh quoi ! si près de Blanche... et je pourrais, barbare,
» Me refuser un éclair de bonheur !...
» Demain, le sort à jamais nous sépare ;
» Demain s'effacera cette rapide erreur !
» Mais non, non la revoir encore
» Serait par trop flatter des soupirs indiscrets ;
» Abandonnant ces lieux au lever de l'aurore,
» Pour ne plus revenir je m'éloigne à jamais ! »

. . . .
. . . .
. . . .
. . . .

« —Mais n'est-ce point la blonde bachelette

.3

» Qui, naïve, me vient occuper à son tour ?
» N'est-ce point là le baume à mon âme inquiète,
» Le dictame chéri d'amour ?... »

Les astres roulent en silence,
A la cîme des cieux la lune se balance,
Le céleste troupeau vers l'Occident s'enfuit ;
La nuit au front voilé, ténébreuse courrière,
A parcouru déjà moitié de sa carrière ;
Le beffroi de la tour a répété minuit.

Minuit ! heure mystérieuse,
Heure propice aux tensons amoureux.
Auboin soupire, et, sur sa harpe oiseuse,
Jette un regard de regret soucieux.

.   .   .   .

— Paix ! il écoute ; une vague harmonie
A remplacé les éclats du festin.
Une suave voix à la cythare unie
S'élève dans les airs comme un parfum divin.
Quelques momens encor, le règne du silence

Va succéder à ces tendres accords !
— Ah ! quelle est la beauté qui mollement cadence
Ce lai mélodieux, simple enfant de ces bords ?

Un seul instant caché dans la brillante foule,
  Auboin pourrait jouir de ses chants gracieux...
Il balance ; le temps comme l'ombre s'écoule,
C'en est fait, de raison l'édifice s'écroule,
Le beau Barde a franchi l'escalier tortueux.
   Soulevant la riche portière,
   Dans un océan de lumière
   Il s'avance d'un pas léger ;
   Haut baron, sire de Sézanne,
  Pages, varlets, gardes à pertuisane,
   Devant lui doivent se ranger.

On fait cercle à l'entour de la muse divine ;
Auboin traversera cet ondoyant rempart.
Plus d'un front caressant à son aspect s'incline ;
Le Barde n'a rien vu, son flamboyant regard
  Poursuit cette beauté favorite de l'art.

Sans doute, elle est aux pieds de sa noble maîtresse...
Il s'approche, grand Dieu ! c'est la belle comtesse,
Sur une lyre d'or son visage est penché ;
Ses longs crêpes de deuil ont fui ; le velours presse
En replis onduleux sa taille enchanteresse;
Par des nœuds incarnats son voile est rattaché.
O miracle d'amour ! à sa couronne brille
    La blanche fleur du rêve vaporeux!..
    Auboin pâlit ; comme l'éclair scintille,
Son grand œil noir d'un feu sombre pétille,
    Puis éteint se dérobe au songe radieux.

   .   .   .   .

    .   .   .   .

— Il est tremblant ; sa main, sous sa robe d'hermine,
Cherche son pur trésor, la céleste Eglantine,
    Don de Marie à son autel.
    —Oui, oui c'est bien à demi-close,
    La printanière et blanche rose
    Qui forme le royal chapel.

    —« Fuyons ce malfaisant prestige !
» Fuyons ! » Auboin sent ses yeux se voiler.

La comtesse se lève, ô merveilleux prodige !
Sa ravissante voix vient de le rappeler.

— « Beau Ménestrel, déserteur de nos rives,
» Auriez-vous fui pour ne plus revenir ?...
» Ah ! réveillez l'ardeur de nos harpes plaintives ;
» Heureux cygne ! chantez les beaux jours à venir. » —
Et la voix de Blanche est si tendre,
Son regard est si doux...
Eperdu, le beau Barde à ses vœux va se rendre ;
Il s'empare d'un luth, et soudain fait entendre
Un lai mélodieux qu'il cadence à genoux. —
C'est le grave concert, qu'a l'indien rivage,
L'harmonieux Bulbul, module sous l'ombrage
De la verte Oasis aux suaves parfums ;
Alors que de la rose il balance la tige,
Que seul au sein des nuits, près de Gul il voltige,
Chante, et fuit du désert les échos importuns.

Tel sur la harpe d'or est l'archange céleste,
S'inspirant au regard qui règle ses destins.

Auboin, beau comme l'ange, et comme lui modeste,
    Exhale des accords divins.
    Il se tait... on l'écoute encore... —
    Plus d'un front charmant se colore,
    Plus d'un sein bat sous le velours.
    —Ah ! trois fois heureuse la belle
    Qui possède ce cœur fidèle,
    Perle des amans troubadours !...

Blanche sourit, et peut-être soupire...
Nul ne le sait, tendre Barde est discret.
L'écho des murs témoins de son délire,
N'a point trahi ce fortuné secret.

    Oncques, depuis cette adventure,
    Sans chanter il n'est un seul jour.
    Lyre du bel Auboin murmure
    Sans cesse le doux mot, Amour !

LE

BAL DES PAUVRES.

Episode de 1838.

« Ma fille, lui dit-il, glanez près des javelles ;
» Les pauvres ont des droits sur des moissons si belles.
» Mais vers ces deux palmiers suivez plutôt mes pas ;
» Venez, des moissonneurs, partager le repas ;
» Le maître de ce champ, par ma voix, vous l'ordonne :
» Ce n'est que pour donner que le Seigneur nous donne. »

Eclogue de RUTH.

Minuit sonne, le bal est dans toute sa gloire.
On danse pour le pauvre ; époque dans l'histoire,
Le dix-huitième siècle échappant à l'ennui,
Dans ses plaisirs joyeux veut bien songer à lui.
On danse, et le haut prix qu'on a mis à la fête,
De la douce pitié demain est la conquête :
Oui, le pauvre, demain, de ses riants ébats
Appaisera sa faim en bénissant tout bas.

Le cœur qui le premier sut forcer l'opulence
A déverser son or sur la triste indigence ;
Qui couvrant de plaisirs ses bienveillans projets,
Força la vanité d'épandre des bienfaits.

O femmes ! oui, c'est vous, c'est vous qui les premières
Conçutes en rêvant ces danses aumônières ;
Et quelqu'ange divin laissa du haut des cieux,
Tomber ce doux penser sur vos fronts gracieux.
Aussi, n'est-ce point là cette mission sainte,
Qui sur des traits charmans semble partout empreinte ?
Calmer les maux cuisans, consoler les douleurs,
Par la tendre bonté captiver tous les cœurs ;
Tel est, tout nous le dit, le partage céleste
Que Dieu fait en naissant à la femme modeste ;
Du naufrage, gardant l'Eve aux chastes amours,
Sur la terre il jeta l'ombre des premiers jours.
— Oui, la femme longtemps par mon pinceau rêvée,
Cet ange au doux regard, au front toujours serein,
A l'âme sans détours, comme l'or éprouvée,
Au cœur compatissant, à la sensible main,
Existe, pour l'honneur de l'organisme humain !

Tel, le lointain passé montre de saintes femmes,
Déjà mêlant leurs pleurs au drame de la croix,
Le cœur pieux, brûlant d'indestructibles flammes,
Fondant de la pitié les admirables lois.
Puis, suivant pas à pas le cortège des âges,
On retrouve ce type immuable toujours;
Il traverse les temps et brave les orages,
C'est le gage de paix et l'ange de nos jours.
C'est la femme chrétienne ainsi que l'écriture
Nous la peignait jadis, douce et forte à la fois;
Du tendre séraphin empruntant la nature,
Suivant avec amour l'évangélique voix.
Oui, du siècle flattant l'orgueilleuse manie,
A la femme chrétienne appartient l'œuvre pie
De frayer au bienfait des chemins inconnus;
De rappeler sans cesse à l'heureux qui l'oublie
Qu'égaux, rois ou bergers, naissent chétifs et nus,
Et qu'il n'est près du ciel qu'un titre — les vertus!

Quelle est belle la femme, humaine, bienfaisante,
Qui consacre au malheur ses opulens loisirs!

.4

Qui sans cesse plaidant d'une voix carressante,
Arrache au riche l'or qu'il destine aux plaisirs.

  S'enveloppant de mystère,
  Sous le comble, à la chaumière,
  On la voit d'un pied léger
  Porter sa douce parole ;
  Sans cesse jouer le rôle
  D'un céleste messager.

Elle ne craint point la souffrance,
Et ne détourne point les yeux
De la misérable indigence
Et de ses alentours hideux.
Celui qui souffre est son semblable,
Est-il malheureux ou coupable,
Le demande-t-elle d'abord ?
—Non, jamais. Sa main charitable
Veut avant tout calmer son sort.
Elle guérit, elle console
Les plus incurables douleurs ;
A sa voix le chagrin s'envole,
D'un mot elle tarit les pleurs.

  Bel ange à l'aile azurée
  Exprès descendu des cieux,

Dieu semble l'avoir créée
Pour cet office pieux.

Mais, que de maux encore échappent à sa vue !...
L'hiver est rude, hélas ! et le pauvre honteux
Dévore en son réduit sa souffrance inconnue,
Et répand en secret des pleurs silencieux.
L'hiver, ce noir fléau fatal à la misère,
Cet an, a redoublé ses fougueuses rigueurs,
A moitié de son cours le capricorne austère,
Sous ses pas meurtriers sème mille malheurs.

Là, dans ce bouge étroit, la famille nombreuse,
Près du brasier infect aux miasmes de mort,
Se presse en grelottant, s'assoupit souffreteuse,
Et du dernier sommeil sans y songer s'endort !
Là, dans cette mansarde, arrivant à la vie,
L'orpheline livrée au souffle des autans,
Par la faim, le travail et le froid affaiblie,
S'incline, se flétrit, et meurt à son printemps.
Là, sous ce comble ouvert à l'aquilon farouche,

Gisent sur le carreau, sans chaleur étendus,
Roides, et l'un dans l'autre enlacés demi-nus,
Des malheureux enfans qui de leur dure couche,
Pour regagner les monts ne se lèveront plus !
Ici, deux jeunes sœurs rivales d'Arachnée,
Accordant au besoin les heures de sommeil
Surprises par le froid, fatale destinée !
S'endorment jusqu'au jour du céleste réveil.

Là, sous ce faîte noir à la croupe brisée,
De tous côtés ouvert aux désastreux frimas,
Sans lambris, sans plafond, sans porte, sans croisée,
Est le plus meurtrier de tous les galetas.

Entrons ;—c'est un vieillard, un vieux soldat peut-être,
Qui de l'affreux réduit est devenu le maître.
Oui, c'est un vieux soldat qui posant le baudrier,
Revint s'asseoir un jour au paternel métier. —
De glorieux chevrons sa manche était garnie,
Et sur son sein brillait l'étoile de l'honneur ;
Il était fort encor, mais la mère patrie

Courbait son front tremblant sous le joug d'un vainqueur.
C'en était fait alors ! — il regagna la rive
Où la fidèle Agnès reçut ses premiers vœux ;
Oubliant les douceurs d'une vie inactive,
Il reprit du travail les jours nécessiteux.
Il connut le bonheur. — Bon époux, tendre père,
Richard était heureux dans son humble chaumière.
Comme l'onde fuyant, le temps avait coulé ;
Des hôtes de son toit le nombre était doublé.
Un fils, unique fils, d'une jeune compagne
Bientôt avait doté le logis paternel ;
Et toujours bien venu sept fois chaque campagne
Un bel enfant sembla pour lui tomber du ciel.—
Le travail suffisait à la famille entière ;
Deux vigilans métiers éloignaient la misère ;
Le jour du jour suivant assurait les besoins ;
On vivait ; c'était tout ; mais tant vivaient à moins...—
Et puis, chaque an passé sur le front de l'enfance,
D'un bien-être prochain amenait l'espérance.... —•

« — Ici, dans cette place, il tiendra six métiers. — »
Et l'on comptait déjà des produits journaliers.

On comptait.... et la mort planait sur la chaumière !...
La mort ! — la mort hideuse, invisible courrière,
Noir fléau qui, porté sur l'aile des autans,
Des rives de l'Indus s'élança vers nos champs,
Et franchissant d'un bond une moitié du monde,
Arrêta sur nos bords sa course vagabonde.
La mort ! — elle a choisi ; — le choléra du doigt
A marqué tour à tour sa victime tremblante.
Agnès, Berthe, Roger, sous sa faux menaçante,
Hélas ! ont disparu de ce paisible toit....
Richard, seul est resté ; — lui, le sexagénaire,
Demeuré seul soutien de la famille entière !
Unique protecteur de sept jeunes enfans.
Explique-nous, grand Dieu ! tes arrêts triomphans !
La vieillesse et l'enfance ; en regard, — la misère.
Chaque jour amenés, les besoins renaissans.... —
Pourtant, il travaillait l'aïeul ; sa main tremblante
Excitait du métier la marche vigilante ;
Et le fil délié, sous ses doigts engourdis
Cassant se renouait par l'aîné de ses fils.
Que de courage donne une foi confiante !...
Le vieux Richard croyait, et son âme souffrante
Volait au ciel lointain rejoindre ses amis.

Son regard fatigué perçait l'épaisse nûe,
Et c'est là qu'il puisait cette force inconnue
Qui des ans amassés allégeait le fardeau.
« — Qu'ils s'élèvent, Seigneur ! grands et forts à ma vue,
» Puis en paix sur leur sort je descends au tombeau ! — »
Telle était du vieillard la touchante prière ;
Et chaque aube éveillait son ardeur coutumière.
Mais, quatre hivers déjà péniblement passés,
Ont dévoré les fruits lentement amassés.
Chaque meuble un à un a fui l'humble chaumine....
De son foyer, enfin, chassé par la famine,
A travers les rigueurs des plus âpres frimas,
Entraînant après lui sa famille orpheline
Richard a rencontré ce mortel galetas.

. . . .

. . . .

Sans feu, sans vêtemens, sur une couche dure
Sept enfans engourdis combattent la nature.
Tout, tout est épuisé.... — L'étoile de l'honneur,
Cet insigne attaché des mains de l'empereur,
Fut du pauvre soldat le dernier sacrifice.
Il veille.... « — Quel tourment faut-il que je subisse :
» Mendier !.... » A ces mots son front à cheveux blancs,

Honteux, s'est incliné sur ses genoux tremblans.

. . . .

« — Moi, vieux soldat, grand Dieu ! quand je pourrais encore
» Travailler sans pâlir du couchant à l'aurore. —
» Mendier !... — ces enfans... ils dorment... mais demain !...
» Demain, a-t-il redit, la faim ! — l'affreuse faim ! —
» Et rien !... rien pour calmer l'incessante furie !...
» O mon pauvre Roger !... Agnès... ombre chérie !...
» Infortunés enfans !... ô mère de douleur !
» Dans cette affreuse crise inspire-moi, Seigneur ! »
Le vieillard à genoux est tombé sur la terre....

. . . .

Minuit sonne, heure sombre et vouée au mystère.
Heure où l'oiseau des nuits sur le toit solitaire
Redit en gémissant son hymne ténébreux.
Minuit sonne, et trois fois, son cri frappe les cieux.
Pensive, à l'écouter ma cythare s'arrête....
Pourtant, l'airain jaloux me rappelle à la fête.
Quittant le froid séjour des plaintives douleurs,
Ma Muse du plaisir va chercher les clameurs.

Quel contraste, grand Dieu ! près du malheur qui prie !...
Là, sous ce chaud portique une rampe fleurie,
Fait rêver le printemps au sein du rude hiver.
Tout respire en ce lieu le bonheur et la vie ;
Les parfums d'Orient partout embaument l'air.
Le lustre avec le lustre éclatant rivalise,
Dore de ses reflets la glace de Venise,
Qui répète à son tour les traits de la beauté,
Et fait de cet Eden un séjour enchanté.
C'est le temps du repos. Chaque nymphe à sa place
Sur son banc de velours se pavane avec grâce.
L'une, en ses doigts rosés roule un rebelle anneau,
Ou d'une blanche main lisse un brillant bandeau.
L'autre jette un coup-d'œil sur sa fraîche parure,
Efface un pli rétif, rajuste sa ceinture.
Cette autre avance un pied qu'enserre le satin.
Celle-ci jette au vague un sourire mutin.
La danseuse prélude au moment qui va suivre ;
La causeuse comme elle aux soins coquets se livre ;
Chacune a de la mode imploré les faveurs.
La plume, le clinquant, la pierre précieuse,
Le strass aux feux trompeurs, l'escarboucle orgueilleuse,
La blonde, le ruban, les perles et les fleurs

5

Méditent à l'envi la conquête des cœurs.

Silence ! — le Linus qui dans ce lieu préside
De son archet despote a donné le signal ;
A cet appel joyeux une phalange avide
Se dispose en quadrille et ravive le bal.
Chaque groupe s'ébranle et des flots d'harmonie
Recouvrent les soupirs et les tendres aveux ;
L'orchestre frémissant protège la folie,
Et cache de l'amour les traits malicieux.

    Ici, c'est la blonde rieuse,
    Iphis au séduisant souris.
    Là, c'est la brune sérieuse
    Aux cheveux noirs, au teint de lis.
    Là, c'est la laide au froid visage,
    Mais aux mouvements gracieux ;
    Tu reçus la grâce en partage,
    Laide ne te plains point des cieux !
Ici brille Corine à la taille élancée,
    Beau palmier enfant du désert.
Là, Cloris dans les nains par la haine classée,
Gagne en attraits mignons ce qu'en taille elle perd.

Ici, dans ce carré qu'une chaîne divise,
C'est la naïve Isaure et la grave Zaïs,
C'est la fraîche Chloé, la superbe Céphise,
La légère Corra, la sévère Artémise,
C'est la noire Fatime et la blanche Idalis.

       C'est Zulmée au joli corsage,
          Au maintien souple, au pied léger.
C'est la belle Zara qui d'un lointain rivage
Nous rappelle le type à nos bords étranger.

       Là, c'est la femme au galbe antique,
          Beau rêve des âges enfuis,
Image dérobée à quelque tour gothique,
Où dans l'ombre croissaient les roses et les lis.

       Celle-ci, n'en déplaise aux belles,
          Est la reine du bal.
Simple, Anaïs sans fard, aux grâces naturelles,
Semble d'un ciel d'azur le lumineux fanal.
— Son portrait ? — son portrait ? va crier quelque femme
Aux regards malveillans, aux dédains envieux.
— Son portrait ? — je ne puis le faire, sur mon âme.

C'est tout, et ce n'est rien. — C'est un rayon de flamme
Parti des régions qu'en vain cherchent nos yeux.

        — Son portrait ? vraiment je le jure,
Difficile en serait la fidèle peinture ;
Et pour ce fait je tiens mes pinceaux impuissans.
Maladroit Raphaël, dirai-je sa parure ?
La gaze, le satin de ses blancs vêtemens ?
Blonde ou brune en anneaux sa riche chevelure ;
L'éclat de ses yeux noirs, ou leurs feux languissans.
Elle est belle, c'est tout, de la beauté de l'âme :
Eh ! qui fut jamais laide avec ce don des cieux !
Si contre ce portrait votre courroux réclame,
J'ajouterai s'il faut un détail précieux :

        Tel que l'astre en l'éther scintille
        Un épi dans ses cheveux brille ;
Épi, non point semblable aux épis dont Cérès
        Dote nos fertiles guérets ;
Mais chef-d'œuvre de l'art où l'iris étincelle,
Qui des enfans de l'Inde emprunte tous ses feux,

Bijou qui sous la main de l'artiste fidèle
Imite la nature et captive les yeux.
Épi, joyau vainqueur, objet de sourde envie
Dont le prix mille fois déjà fut agité,
Qui fait à chaque jet surgir une ennemie,
Orgueilleux de parer le front de sa beauté.

   — Sur ce trône, insolent monarque,
Tu sèmes à foison tes lumineux dédains.
Eh ! qui sait, vain jouet de la fantasque Parque,
Inconnus, quels seront tes bizarres destins !.... —
Mais quoi ! tant s'arrêter sur un sujet frivole,
Quand l'heure du plaisir comme l'éclair s'envole ;
Quand la nuit poursuivant son silencieux cours
   Enlève d'une aile envieuse
   A cette jeunesse joyeuse
   Le temps précieux des amours.

   — Dansez ! dansez, troupe folâtre !
   Trop rapide viendra demain.
Demain, le dieu jaloux que la foule idolâtre,
Noircira plus d'un front à cette heure serein.
   Déjà dans l'air on le respire,

Il plane sur ce couple heureux ;

A ce groupe il vient de sourire ;

De son aile jaillit un essaim ténébreux.

Les cancans, fils bâtards de la malice oiseuse,

De bouche en bouche enflés et de venin nourris,

Qui fantômes d'abord de forme vaporeuse,

En orage bientôt par le caquet grossis,

Vont aller foudroyer quelqu'innocente tête;

Et le lendemain de la fête

Tenteront de changer les plaisirs en soucis.

— Qu'importe ! amusez-vous, — laissez, laissez médire ;

C'est l'aliment du sot, le pain de l'envieux.

Aux propos mensongers le sage doit sourire,

Et payer du dédain ces atômes haineux.

Et puis sur cette pauvre terre,

N'est-ce point l'éternelle guerre

Aux bons faite par les méchans ?

De Caïn et d'Abel, toujours renouvelée

La lutte, au genre humain sans cesse rappelée,

Qui brave avec orgueil le naufrage des ans ?

— Arrière ! — loin d'ici tout contempteur morose !

Je veux du parfum de la rose
Sans fiel à longs traits m'énivrer :
Est-il quelque fâcheux ? Qu'il ose
A mes yeux hardi se montrer ! ——
— Eh ! ce pan cache-t-il quelques pâles fantômes !
Sous ses glands quelques nains des plaisirs ennemis ?
— Rassurez-vous, enfans de la danse et des ris,
D'ennemi point !.... —

        Sujets des vaporeux royaumes
    Que nous a dépeints Gabalis,
   Deux sylphes ?— Non. — Deux sombres gnomes ?
— Non, non, tout simplement deux fantasques esprits,
    Tels que notre siècle en fait naître,
    Dans le recoin d'une fenêtre,
A demi dérobés sous de soyeux rideaux,
    Suivent la phalange folâtre,
    Et de ce varié théâtre
   Contemplent les mouvans tableaux.

L'un, frondeur s'il en fut, incessant moraliste,

L'autre, esprit nuageux, rêveur quelque peu triste.
L'un marchant sans répit le binocle à la main,
Toujours prêt à sonder le fond du cœur humain ;
Haïssant à la mort le siècle et sa folie,
Criant contre le luxe et contre la manie
De vouloir se lancer n'importe à quel haut prix ;
Et livrant sans pitié les travers au mépris.
L'autre, moins exigeant, considérant le monde.
Tel qu'il est : bon, mauvais, masse nauséabonde
D'où s'exale parfois quelque léger parfum ;
Fuyant par goût l'éclat, le bruit et l'importun.
Voyageur pélerin des steppes de la vie,
Jaloux de rencontrer quelque repos ombreux ;
Dédaigneux de l'orgueil et de la vile envie,
D'un pied indifférent foulant l'aspic hideux.

— « Ici, seule, Anaïs est belle,
» Dit notre misanthrope aux jugemens altiers ;
» Sur ce visage seul une âme se révèle.
» Le reste... vrai... d'honneur, est digne de Téniers ! »

« Elle seule me plaît, a répété l'alceste,

» Elle seule, Anaïs, est jolie et modeste.
» Encore.... qui me dit que ce front enchanteur,
» Ami, ne cache point quelque défaut menteur ! »

— « Arrête, cher Criton, ta censure mordante.
» Il est, oui j'en conviens, ici quelques travers,
» Nombre de cœurs blasés à la malice ouverts.
» Mainte femme à l'œil doux, à la voix caressante,
» Dont l'esprit est atteint d'une rage incessante,
» Et qui sur le prochain se plaît à déverser
» Le venin envieux qui semble l'oppresser.
» Mais dans le nombre, il est encore quelque belle âme,
» Qu'un pinceau plus flatteur avec raison réclame ;
» Quelque cœur ingénu sous la mode étouffé,
» Dont le siècle moqueur, Criton, a triomphé.
» A suivre le torrent réduits par leur faiblesse,
» Que d'êtres sérieux, sans partager l'ivresse
» D'une foule vouée aux plaisirs d'ici-bas,
» Maudissent le démon qui dirige leurs pas ! »

— « Chanson ! — chanson mon cher ! homélie inutile,

» Eloge malséant de ce sexe fragile,
» Dont le cœur de dentelle et de gaze formé,
» Semble à tout penser sage entièrement fermé.
» A-t-il le temps, dis-moi, pour voir ou pour comprendre
» L'action généreuse et le sentiment tendre,
» Quand de ses jours passés en vains amusemens
» La mode avec fureur dispute les momens ?
» Non, sa trop courte vie en soin frivole usée
» Fuit sans le doux loisir d'une grave pensée. —
» A son lever soudain voler à son miroir ;
» Frapper à chaque seuil du matin jusqu'au soir ;
» Courir chez les marchands composer sa parure,
» C'est assez pour la femme, ami, je te le jure :
» Ajoute le caquet des lendemains de bal,
» Et tu posséderas son bulletin normal !... —
» De là, tant de défauts ; caprice, petitesse,
» Malignité, dédain, envie, orgueil, faiblesse.
» Le cœur vide, et l'esprit vide comme le cœur,
» Je le demande, ami, quel gage de bonheur ?

» Il serait autrement, si chaque mère sage,
» De la vie apprenait à faire un noble usage ;

»Si digne, remplissant le devoir maternel,
»Elle suivait en tout le vœu de l'éternel ;
»Si vouée aux vertus, d'une main patiente
»Elle formait le cœur de la vierge naissante.
»Mais non, non loin de là, c'est le soin d'un corset,
»La forme d'un soulier, la pose d'un bouquet,
»L'artiste arrangement mis à la chevelure ;
»Une boucle, un collier, enfin de la parure
»Savoir rendre avec goût l'agencement complet :
»Voilà ce qui s'appelle un modèle parfait !

»Paraître est tout ; — ce mal en tous les rangs pointille ; —
»Quand dans la femme gît l'honneur de la famille ;
»Le repos du foyer, la gloire des aïeux,
»L'espoir de la lignée !... — il suffit qu'elle brille,
»Qu'elle soit esprit fort et dédaigne les cieux !

»Siècle ! — siècle insensé, quel avenir frivole !
»Quel néant sous tes pas ! — Oh ! de quelle auréole
»Dans les âges futurs je vois ton front paré !
»Quelles seront, dis-moi, faibles, abâtardies,

» Les générations de ces races sorties,
» Vieilles avant le temps sous leur haillon doré ! »

— « Vraiment, mon cher Criton, ta critique est sévère,
» Calme-toi, dur censeur ! jette plutôt les yeux
  » Sur cet ensemble gracieux,
  » Tableau du pays de Cythère,
» Tu seras désarmé, j'en atteste les Dieux ! »
— « Par des faits positifs faut-il donc te convaincre ?
» Je te jette le gand ! » — « Je le ramasse, ami ! »
— « En garde ! — j'entre en lice, et non point à demi,
» Je te fais rendre gorge !... A mon fer de te vaincre ! —
» Allons ! allons ! suis-moi vers l'essaim ennemi.

» Dépouille ce velours, cette moire brillante !
» Cette riche parure à l'œil étincelante !
» Eloigne cet éclat qui doit tout aux flambeaux,
» Prends la nature à nu sous ces vains oripeaux.

» Vois que de luttes engagées ! —

» Vois combien de souris haineux ! —
» Vois ces mille beautés en escadrons rangées
» Jetant l'une sur l'autre un regard dédaigneux ! —
» Mais ce n'est point à l'œil qu'on peut, au regard même,
» Juger le cœur sincère ou le cœur envieux ;
» L'œil est parfois trompeur ; d'une douceur extrême,
» Il sait voiler, Arisppe, un dessein ténébreux.
» Mais la bouche, la bouche, elle plus imprudente,
» Découvre sans détours les intimes secrets :
» De ses plis onduleux suis la marche inconstante,
» Et tu tiendras la clé de maints traîtres projets.
» Alors, et beaux semblans, et flatteuses paroles
        » Pour toi changeront de couleurs ;
» Moderne Cléophas jugeant à froid les rôles,
» Devant toi s'enfuiront les dehors imposteurs.

        » Approche !... — Ici, vois l'amie à l'amie,
» Car ce titre souvent recouvre une ennemie,
        » Prodiguer les plus tendres noms ;
» Derrière elle bientôt, pleine de jalousie,
» Critiquer et sa taille et ses grêles chiffons.
» Eh ! trop heureuse encor si du seul ridicule

» Elle a bien voulu la doter,

»'Si plus audacieuse, écartant tout scrupule,

» Infernale, à sa gloire elle n'ose attenter. —

» Cette autre, à celle-ci, cher Arisppe, prépare

» Des douleurs, des soucis, des débats maritaux ;

» Elle l'ombrage, et veut que Nemesis s'empare

» De ce couple naguère aux soins de tourtereaux.

» — Celle-là, par l'envie incessamment poussée,

» Toujours roule en secret quelque mauvais dessein ;

» Et sa vie inutile à déchirer, passée,

» Est le mal endémique du malheureux prochain.

» Celle-ci, sous la loi du démon des conquêtes,

» Hait à mort la beauté qui l'éclipse en fraîcheur :

» Médisante au logis, affable dans les fêtes,

» Le miel est sur sa lèvre et le fiel en son cœur. —

» Cette autre aux goûts légers, tremble, frémit de haine,

» Quand un ange d'amour vient s'offrir à ses yeux ;

» Dedans l'abîme il faut que sa rage l'entraîne,

» Il le faut, à tout prix... tel est son plan hideux.

» Cette autre mesurant l'échelle sociale

» Au plus ou moins d'éclat pour paraître emprunté,

» Croit monter et descend, aveugle se ravale
» A subir le contact d'un être déhonté.

» Observe ce magot à la face livide,
» Au torse repoussant, à la langue perfide,
» Qui de mille dédains a dévoré l'affront,
» Et qui porte le vice imprimé sur son front.
» Chacun le fuit ; partout ; Paria solitaire,
» Quelque femme naïve à ce ciel étrangère
• Ose seule approcher le monstre venimeux ;
» Mais instruite bientôt fait un pas en arrière,
» Et s'attire le flot de ses poisons haineux.
» D'une scène...» — « Ah ! Criton ! grâce, je t'en conjure,
» Tu déflores pour moi cette belle nature
» Que mon pinceau rêva, que ma lyre a chanté.
» Si l'on voit dans ce lieu la gnomide hideuse,
» S'il est quelque sylphide à la mine trompeuse,
» Il est aussi, crois-moi, des anges de bonté ! »
— « Tu chercheras en vain, toujours quelque lacune
» Montrera du revers la couleur importune. »
— « Je te convertirai ! » — « Tu m'étonnerais fort. »
— « Du moins... elle... Anaïs ? » — « A le faible et le fort,

» Je ne m'en dépars point. » — « Sycophante incurable !
» Je ne puis supporter ce penchant détestable
» A noircir sans pitié les plus rians tableaux. »
— « La vérité, mon cher, a tenu mes pinceaux. »
— « Mais Criton, conviens-en, oui, la nature même,
» Dans ses créations, procède par extrême :
» L'hiver, le vieil hiver, est voisin du printemps,
» L'été touche à l'automne, et la brise aux autans.
» Le contraste complet partout est nécessaire,
» C'est la tempête au calme, et l'ombre à la lumière.
» Dans sa sagesse ainsi Dieu créa l'univers :
» Recevons tel qu'il est le monde et ses travers ;
» Bon, mauvais... »

— « Mais le bal, s'éteint faute de vie.
» Les lustres ont pâli, la parure est flétrie,
» L'heure sonne, il est temps : le jour malicieux
» Enleverait le charme à ces fronts radieux.
» Aux dansantes beautés l'aube est toujours fatale,
» Elles n'attendront point sa lueur matinale.
» Adieu !..... — »

Fané, poudreux, le cercle défloré
N'offre plus ce parterre à l'aspect diapré ;
Du sautillant galop l'heure joyeuse arrive.
Le fracas est plus grand, l'harmonie est plus vive,
Et pourtant la langueur déjà se fait sentir.
Allons ! plus de délais. Allons, il faut partir !
Partout ce cri s'entend ; d'une voix discordante,
L'ennui porte l'arrêt à l'élite dansante.
Le couple fatigué vers le grand escalier
Se dirige en bâillant, et fuyant le premier,
Enfoui sous des flots de Marte-Zibeline,
Glisse tel que l'éclair sur l'arène argentine.
Au léger phaéton succède la berline ;
Et la demi-fortune arrivant à son tour,
De son pesant fardeau maudit l'ample contour.
L'Automédon glacé sous sa couche givreuse
Reçoit en murmurant le signal du départ,
Et frise, sans pitié, sur la dalle neigeuse,
Le pauvre à deux genoux, le malheureux vieillard.
Il jure, — l'autre pleure, — et sa plainte vibrante,
Dans des cœurs endurcis, hélas ! n'a point d'accès.
　　Dix fois déjà, dix fois sa voix tremblante,
Dix fois s'est élevée, et toujours sans succès !....

Un élégant landaw rompt la file et s'avance.

   Beaux d'orgueil et d'impatience,

Deux chevaux andaloux, tour à tour hénissant,

   D'un pied qu'agite la colère,

   Frappent à coups pressés la terre,

A regret contenus sous un frein blanchissant.

Une femme paraît... — Une épaisse fourrure

Cache au regard jaloux sa suave parure,

Mais ne peut dérober son maintien gracieux ;

C'est Anaïs. Déjà son pied léger effleure

La marche que descend sa roulante demeure,

Quand des mots étouffés : « — Pitié ! pitié pour eux !...

» Pitié pour mes enfans !... » La voix du malheureux

   S'éteint.... Sur la neige glacée,

Du désolé vieillard la face s'est baissée.....

. . . .

Anaïs ! qui dira ce que ton noble cœur

A ce moment cruel ressentit de douleur ?

Quel penser généreux, électrisant ton âme,

De tes yeux fit jaillir un pur rayon de flamme ?.... —

A son front radieux elle a porté la main ;

L'épi, l'épi brillant, gloire, honneur de sa tête !

L'épi tant jalousé du pauvre est la conquête,

Et dans ses doigts glacés est déposé soudain.
« Tenez, bon père, a dit la forme séraphique,
»Que le ciel vous bénisse et garde vos enfans ! »
Et des pleurs ont coulé de ses yeux triomphans.
Éveillé par la voix de cet être angélique,
Richard a cru d'un ange entendre les accens.
Richard, car c'était lui, courbé sous la misère,
Qui rencontrait le ciel sur cette froide terre,
En extase, rêvait l'éternel horison.....

. . . .

Tel que l'aigre fausset ou la vielle criarde,
Trouble d'un chant d'amour l'agréable unisson.
« — Quelle folie ! a dit une beauté blafarde.
»Anaïs ! se peut-il que la raison vous garde ?... »
— « Ah ! n'est-il donc point juste, en cette âpre saison,
»Que le pauvre honteux glane après la moisson ! * »
Répond notre Peri, cet ange à forme humaine,
Et le léger landaw comme l'éclair l'entraîne.

. . . .

* Historique. Paroles de la jeune duchesse de ***.

. . , ... Sous le ciel nuageux,
Un homme est demeuré du temps insoucieux.
Son front rayonne. « — Eh bien ! impitoyable Ariste,
» La femme au penser grand, à l'âme pure existe !
» Elle existe en dépit des travers de nos jours,
» Elle exista jadis, elle sera toujours ;
» Tant qu'un rayon de flamme échauffera la terre,
» Et tant que roulera ce monde sublunaire. »

« Douce Anaïs, merci ! merci, fille du ciel ! —
» Courbé sous le fardeau d'un cruel sceptisme,
» Pour croire à quelque chose, en ce temps d'égoïsme,
» Il faut de pareils traits au malheureux mortel !....
       » Honneur à toi ! bienfaitrice modeste !...
» De joie aux affligés tu fais verser des pleurs.
       » Honneur à toi, fille céleste !
» Tu ravives du ciel l'espérance en nos cœurs.
» Ah ! si là seulement ta couronne se tresse,
» Sur terre devant toi le superbe s'abaisse ;
» L'Athée, à ton aspect, au jour ouvre les yeux ;
» L'incrédule aux accens de ta voix argentine,
» Rêve des champs d'azur les concerts radieux ;

» Forcé de reconnaître une essence divine,
» Adore, et devant lui voit s'entrouvrir les cieux ! »

Ainsi s'est écrié le jeune enthousiaste,
Et l'astre aux doux rayons a reçu ses sermens,
Mille fois répétés, couverts d'un voile chaste :
Nuit ! ne révèle point le secret des amans !....

LA

FILLE DU RHIN.

TRADITION GERMANIQUE.

La Roche des Amants.

I.

Un fonte sorge in lei che vaghe e monde
Ha l'acque sì, che i riguardanti asseta;
Ma dentro ai freddi suoi cristalli asconde
Di tosco estran malvagità secreta.

Le Tasse.

I.

— « Elfine, ma mie !
Viens ! — viens l'ombre naît.
» La brise endormie
» Dans le bois se tait ! »

Ainsi disait Aymar, fils du manoir superbe
Qui domine du Rhin le cours impétueux,

Aymar, le bel Aymar, seul étendu sur l'herbe,
Au pied du roc blanchi par les autans fougueux.

    — « Elfine, douce mie,
   » Tout est dans le repos.
   » La brise est endormie,
   » Quitte le fond des eaux ! »

Et comme une vapeur que le soleil colore,
S'élève sur les flots un fantôme charmant ;
C'est la fille du Rhin, l'Elfine qu'il adore,
Qui tend ses bras de neige à son fidèle amant.
    Son front est couronné de roses,
Un voile de son sein dérobe la blancheur,
Sa bouche de corail aux lèvres demi-closes,
    Sourit à son tendre vainqueur.
Sur la vague écumante un instant balancée,
La nymphe aux bruns cheveux a semblé fuir Aymar,
Puis enfin sur la rive elle s'est élancée,
Dans l'onde a disparu la trace de son char.
Et chaque soir ainsi, dès que Vesper scintille,

Le même lieu revoit les amants fortunés ;
L'étoile du bonheur pour eux sans cesse brille,
Chaque printemps, de fleurs les retrouve enchaînés.

II.

— « Vois, dit l'Elfine enchanteresse,
» Comme notre astre luit à la voûte d'azur !
» Aymar ! tant que j'aurai ta constante tendresse,
» Son orbe doit briller d'un éclat aussi pur.
» Oh ! si jamais... mais non, tes sermens pour la vie
  » Me garantissent le bonheur.
» Toute infidélité de vengeance est suivie !...
  » Si l'étoile pâlit..... Malheur !.... —

» Félicité, trésors, dévouement, sacrifice,
» A l'amant bien aimé, fidèle à ses sermens ;
» Au volage, malheur ! en vain de l'artifice,
» Il croirait recouvrir ses pensers inconstans.
» Du livre des destins... je puis... ah ! je m'égare !
» Quelle est cette fureur qui de mon cœur s'empare ?...

» Est-ce pressentiment ?..... — Fidèle à nos amours.
» Non ! Aymar, je le sens, tu m'aimeras toujours !

.   .   .   .

.   .   .   .

» Que me fait des destins le livre en ma puissance ?
» Veux-je l'interroger ?... Oh ! la douce ignorance,
» Sans crainte d'avenir profite des beaux jours ! »

Et la pâle mélancolie,
Sur le front de l'Elfine a posé son bandeau ;
Le bel Aymar ainsi là trouve plus jolie,
Plus attrayante encore sous cet aspect nouveau.
Vive, tendre, toujours par le plaisir bercée,
Belle rose, brillante entre toutes les fleurs,
Pour la première fois sa paupière abaissée,
Laisse échapper des pleurs.
Aymar à deux genoux, fier de son doux servage,
Par ses sermens bientôt a chassé le nuage
Qui couvrait ce front radieux,
Au loin a fui le fantastique orage.
Noir chagrin d'une belle est fort capricieux.

III.

Depuis longtemps l'heure de la retraite
    A sonné pour les deux amants.
— « Adieu ! » Ce mot expire, et la nymphe muette,
Sur le flot endormi pose ses pieds charmans ;
— « Adieu ! » — Le beau chasseur vingt fois tourne la tête
Vers le fantôme cher dans l'onde disparu ; .
Jette un dernier adieu, que l'écho seul répète,
Puis gravit le sentier tant de fois parcouru.

IV.

Il est tard, de la roche il va toucher la cîme,
Dans les ombres du ciel le sourcilleux manoir
Se dessine, vieux nid suspendu sur l'abîme,
A demi-dérobé sous la brume du soir :

Il approche; ô surprise! à cette heure avancée,
Un mouvement étrange existe dans ses murs,
D'une tourelle à l'autre une flamme passée
Jette sur les crénaux ses rayons blancs et purs ;
L'ogive du donjon tout-à-coup s'illumine
   De même qu'aux grands jours.
Quel incident? — Aymar, plus vite s'achemine ;
A d'inquiets pensers donne un fantasque cours.
Peut-être son vieux père...... et sa main frémissante
Saisit le cor d'ivoire à son cou suspendu;
Par trois fois il le porte à sa lèvre tremblante,
En tire en sons aigus d'une haleine puissante,
Un signal prolongé par les échos rendu.
Et par trois fois le nain qui sur le donjon veille,
A répondu joyeux au nocturne signal.
Le jeune maître seul, à cette heure de veille,
  Commande à l'huis du manoir féodal.
Le pont-levis s'abaisse ; — Aymar se précipite.
   — Ciel! encombrant la cour d'honneur,
Des palefrois fumants, une nombreuse suite
De pages, de varlets en joyeuse rumeur.
C'est le royal Margrave, il vient de sa présence
  Honorer le vieux châtelain.

Le bel Aymar hésite, et lentement s'avance ;
Aux lueurs du flambeau que son page balance,
Gagne à pas mesurés la salle du festin.
Il entre. — Son vieux père à blanche chevelure,
Parlant avec chaleur, d'abord frappe ses yeux.
Puis le Margrave ; puis, céleste créature,
La belle Alix, sa fille, assise en face d'eux.

Aymar a satisfait l'altière bienséance,
Et quelque peu timide, au loin il s'est placé.
Il demeure rêveur dans un profond silence,
Le baron a repris l'entretien commencé.
A jaser l'heure fuit ; déjà sans qu'on y pense,
Du Clepsydre muet le terme est dépassé.

Alix.

II.

Crimita fronte essa dimostra, e ciglia
Cortesi e favorevoli e tranquille :
E' nel sembiante agli Angioli somiglia ;
Tanta luce ivi par ch' arda e sfaville !

Le Tasse.

I.

Dire ce qu'il pensait, le chasseur intrépide,
      L'amant de la nymphe des eaux,
Près de la bachelette à la beauté placide...
Son regard sombre errait des lambris aux vitraux.
Puis enfin ramené sur la royale fille,
Il vient à comparer leurs différents attraits :
Soin dangereux. — L'une d'esprit pétille,
Et l'autre, la douceur s'exprime dans ses traits.

8

L'Elfine est brune ; — et la belle Alix blonde ;
L'une est tendre, mutine, au cœur passionné,
A la démarche vive et parfois vagabonde ;
Au caprice charmant de la fille de l'onde,
On est sans le vouloir en esclave enchaîné.
Mais en face d'Alix, rendre ce qu'elle inspire,
   Serait téméraire dessein ;
Tout en elle est candeur; l'on croit qu'elle respire
Dans un autre air que vous, tant son front est serein.
Elle parle, — l'on croit que sa bouche soupire
En langage du ciel un cantique divin.

Et sans vouloir encor, l'œil du bel Aymar erre
Du plafond de la salle aux longs cheveux bouclés ;
De l'ogive où reflète une pâle lumière,
Aux yeux couleur d'azur par la pudeur voilés.

Le vieux baron sourit; semblant d'intelligence
Avec son royal hôte il échange un regard. —
Mais le maître d'hôtel d'un pas grave s'avance.
Un essaim chamaré dans la salle s'élance,
Au banquet somptueux on s'assied sans retard.

II.

L'on devise ; — l'on rit; — les toasts fréquents stimulen
La vermeille liqueur scelle un secret accord.
Sur la table, les mets et les vins s'accumulent ;
Le tokai pétillant succède au rouge-bord.
    Mais en vain les coupes circulent,
Celle du bel Aymar est restée à plein bord.
    Le vieux baron sourit encore ;
Il plaisante son fils. — La chasse du chamois
L'absorbe tout entier, il devance l'aurore,
Et chaque soir la nuit le surprend dans les bois.

III.

L'étoile de Bacchus enfin cesse de luire.
La veille est au déclin, le prince se retire ;
Chacun va se livrer aux douceurs du repos ;

Mais le vieux châtelain, demeuré·seul désire
Entretenir Aymar de ses projets nouveaux.
— Son front est rayonnant, sa pose solennelle;
Il a nourri d'hymen longtemps le choix heureux;
L'instant est arrivé; cette nuit même scelle
Le nœud qui de son cœur va combler tous les vœux.
A minuit, Damp Gautier, le chapelain Batave,
Doit fiancer Aymar à la belle Margrave.
Secret pendant trois jours pour les gens du château,
Seuls, les pères sauront l'échange de l'anneau.

Aymar reste sans voix. — Alix à lui s'enchaîne?
Alix! cette beauté que son œil ose à peine
Fixer tant elle semble un miracle des cieux;
    Alix à lui, grand Dieu!... —
Alix à lui!—Sa main...—Son cœur...—Sa vie entière.
O fortune!...—Il pâlit;—son cœur soudain se serre;
Lui! — lui couler des jours sous un nœud fortuné....
Malheureux! n'est-il pas à l'Elfine enchaîné?

. . . .

Devant lui menaçant, son fantôme se dresse,

Non plus comme autrefois, respirant la tendresse,
Mais froide, brandissant un meurtrier poignard.
Tremblant, il balbutie, il invoque un retard.
— Qu'à ce bonheur si grand son âme s'habitue !...
Le vieux baron s'irrite. — « En croirai-je ma vue ?
» Malheureux ! hésiter !...—Apprends qu'il est trop tard ! »
— Il verrait un refus, oui, de sa mort suivie !... —
Au Margrave jadis il a sauvé la vie,
L'union fut scellée au milieu des combats.
S'il faut sous cet affront que son honneur succombe,
       Il le maudit !... puis dans la tombe,
Lui-même ira chercher le repos du trépas !...

.   .   .   .

Pauvre Aymar !—sur son cœur, les pleurs de son vieux père
          Sont retombés brûlants ;
Il incline un genou, puis, penché vers la terre,
Lui jure obéissance, et promet ses sermens.

IV.

Qui rendra le vieillard et sa muette étreinte ?

.8

L'ivresse du bonheur sur sa face est empreinte ;
Palpitant, il bénit l'espoir de ses vieux jours.
Des yeux du fier Aymar s'échappent quelques larmes,
— Est-ce regret ? de ces nœuds pleins de charmes,
Auxquels en ce moment il renonce à toujours !
  Le baron dans ses bras le presse.
  —« Silence ! l'airain retentit.
» Vite partons ! » Oubliant sa vieillesse
Il court ; déjà l'airain a répété minuit.

V.

La jeunesse au vieillard semble prêter son aile,
A travers maints couloirs, maints détours sinueux,
D'un bond il a gagné la gothique chapelle,
Où debout à l'autel, le chapelain pieux,
Attend du damoiseau la promesse formelle
Qui précède d'hymen les formidables nœuds.
Eperdu ; hors de lui ; le bel Aymar à peine
A reconnu ce lieu qu'éclaire faiblement

De quelques blancs flambeaux la lumière incertaine ;
Témoins mystérieux d'un parjure serment.
Des arrhes de l'hymen, ô malfaisant présage !
Le temps est nuageux ;
Sur la cîme des monts au loin gronde l'orage ;
A travers les vitraux siffle le vent fougueux.

VI.

Sur un riche carreau, placée
En prière, à genoux, tel qu'un ange du ciel,
La belle et douce fiancée
Offre candide et pur son cœur à l'éternel.
— A ses côtés, Aymar se précipite.
Le saint prêtre a béni l'engagement juré. —
Enfin, le sombre Aymar, qui d'angoisse palpite,
A levé sur Alix un regard éploré.

— O qu'elle est belle ainsi ! pâle, à demi-tremblante,
Il tressaille de joie, un rayon de bonheur

Vient éclaircir son front, et son âme inconstante
Brave l'écho chagrin qui répète malheur ! —
  Et cependant l'éclair rapide,
Trois fois a sillonné le voile épais des nuits ;
La foudre sourdement menace le perfide,
Heureux, il ne craint rien près de l'aimable Alix.

La Cour du Nord.

III.

E qui son stata, accio ch' io ti riveli
Quel che han di te già statuito i cieli.

L'Arioste.

I.

— « A trois jours châtelain ! les fêtes d'hymenée.
» A trois jours donc, beau fils ! — » L'accolade est donnée
Le Margrave a gagné son bouillant palefroi.
Aymar, ravi d'amour, fier de sa destinée,
Contient de son Alix la blanche haquenée,
Et tout bas ose dire : — Oui, dans trois jours à moi !

Le pont-levis s'abaisse, et la royale escorte
  Dans les ombres a disparu.
O sort capricieux ! la belle Alix emporte
Avec elle un bonheur jusqu'alors inconnu.
Elle fuit, — et d'Aymar l'ivresse évanouie
Fait place au vague trouble, au regret soucieux.
Il rêve. — Dans ses mains sa tête est enfouie ;
Mais il est éveillé par les éclats joyeux
Du seigneur châtelain dont l'âme rajeunie
S'épanche à flots d'amour dans des récits oiseux. —

Désireux de trouver un calme solitaire,
Le fiancé s'arrache aux bras de son vieux père ;
Mais en vain sur sa couche il cherche le repos ;
Accusant de lenteur l'aurore coutumière,
Il ira sur la tour attendre la lumière,
Promenant ses pensers et ses désirs nouveaux.

II.

Dans l'ombre il s'achemine, et vers la galerie

Où dorment les portraits de ses hautains aïeux,
L'amant, le fiancé porte sa rêverie ;
Pour gagner sans retard sa tourelle chérie,
Il lui faut parcourir ces arceaux ténébreux.
Il s'avance à grands pas. — La lune caressante,
A travers de l'ogive, épand ses feux mourans.
O surprise ! un rayon de sa clarté tremblante
Frappe à plomb sur un cadre à l'image vivante
D'une haute baronne aux riches ornemens.
Après cent ans et plus, c'est bien reconnaissable,
La dame de Bamberg, dont l'ombre redoutable
Apparaît, à minuit, au sommet de ces tours,
Lorsque de sa maison un membre chérissable
De ses jours retranchés va terminer le cours.

      Ou bien, plus rarement encore,
      De l'enfant que la mère implore,
La dame aux voiles blancs prépare le berceau ;
Ou fait luire d'hymen le fortuné flambeau.

Sous le disque des nuits, cette toile elle seule,
Brille d'un vif éclat entre tous les portraits.
Le bel Aymar s'arrête ; et de sa bisaïeule
Attentif, en détail, il contemple les traits. —

III.

— Soit fantasque terreur d'une âme maladive,
Le jeune homme est frappé pour la première fois
De sa ressemblance excessive
A l'objet dont naguère il chérissait les lois.
C'est là sa brune chevelure ;
Ce regard séduisant, — ce même front hautain.
Ce visage d'albâtre à la coupe si pure, —
Ce sourire, à la fois orgueilleux et mutin. —
Et ce jeu singulier l'étonne ; sa mémoire
Trop fidèle ramène à flots tumultueux
Des jours passés l'ineffaçable histoire.
En lui-même il maudit ce portrait malheureux !
— Il maudit... — Mais ô ciel ! ô surprenant prodige !
Aymar tressaille, — il a cru voir
La figure du cadre à l'instant se mouvoir. —
Son œil noir de couroux rayonne,
Sa main semble vers lui s'avancer lentement...
— Est-ce un grave conseil, un ordre qu'elle donne ?

Rappelle-t-elle Aymar au parjure serment ? —

. . . .
. . . .
. . . .
. . . .

IV.

Un nuage a voilé la nocturne courière.
Comme d'un rêve fuit l'effrayante chimère,
Aymar est revenu de sa vaine terreur.
— C'est une vision, — un effet de lumière. —
Il s'éloigne, honteux de sa rapide erreur.
　　Abandonnant la galerie obscure
　　Il a franchi l'escalier tortueux ;
Et de la plate-forme il sent la brise pure
Qui des fleurs du vallon parfume ses cheveux.

　　Des crénaux du nord il domine
　　　Sur le vaste alentour.

Là, le Rhin mugissant lui rappelle l'Elfine.

Mille noirs souvenirs l'agitent tour à tour.

Seul avec sa pensée, il croit sortir d'un songe ;

Sous le poid du présent dans l'avenir il plonge.

A cette solitude il demande conseil.

D'une coupable ivresse, ô funeste réveil !...

— Que va dire l'Elfine ? — Embarrassé près d'elle,

Comment se dérober à ses soupçons jaloux...

O tâche de l'enfer !... — O souffrance cruelle !

Un rien peut alumer son barbare couroux.

Et s'il parvient à cacher son parjure,

A quelle vile feinte il devra recourir... —

Feinte de tous les jours... ô destinée obscure !

Un abîme sans fond devant lui va s'ouvrir.

   — Ah ! c'est alors qu'Aymar regrette

Ses rians jours jetés au vent des passions ;

Ce bonheur escompté par son âme inquiette ;

Ce cycle tout de fleurs et tout d'illusions...

.   .   .   .

.   .   .   .

Il sonde dans son âme. —   .   .   .   .   .   .

.   .   .   .   O réveil trop funeste !

La chaîne des plaisirs est rompue à jamais.
Il se l'avoue ; hélas ! Alix, douce et modeste,
Règne en son cœur brûlant, et cet ange céleste
Lui fait rêver l'Eden et ses chastes attraits. —
—Ah ! qu'il serait heureux !—Quel sort digne d'envie !
Si pur de tous remords, de regrets superflus,
Il pouvait consacrer, à son Alix, sa vie ; —
Couler des jours de paix et de bonheur tissus !

— Mais non, une autre entravera sa flamme,
Alléguera des droits plus anciens sur son âme ;
Droits, hélas ! fruits amers d'un juvenile feu...
A ce malheur prévu, sa raison doit s'attendre ;
Dans le piége imprudent il s'est laissé surprendre ;
Soupirant, — à lui-même il se fait cet aveu.

— Combien de fois, hélas ! sa nourrice chérie,
La vieille Margueritte, en tournant son rouet,
A dit : — « Crains, ô mon fils ! crains l'Elfine jolie,
» Si tu ne veux cueillir à foison le regret. »

Et lui riait ; de merveilleux avide,

9

Poursuivant le héron au milieu des roseaux,
Chaque soir il suivait du Rhin le cours rapide,
Appelant du regard la nymphe de ses eaux.
— Las ! il vint ce danger, que craignait Margueritte ;
Cette pleine moisson de regrets déchirants.
L'Elfine un jour parut, ravissante amphitrite,
Elle adorait Aymar et conquit ses sermens.
Depuis lors, que de jours écoulés dans l'ivresse !...
Fière de son pouvoir, la belle enchanteresse
Avait couvert de fleurs ces éphémères nœuds.
Le jeune fils des monts à la fougue bouillante,
Subjugué, s'endormait sous sa chaîne énivrante.
Sans souci d'avenir Aymar était heureux.

— Sous la loi du caprice et de la fantaisie,
Hélas ! il ignorait la douce sympathie,
Qui de deux tendres cœurs est le lien divin.
Ces deux *moi* dans un seul, que l'hymen sanctifie ;
Pur trésor, que souvent l'homme recherche en vain.
O sort ! il a trouvé cette moitié cherchée
Qu'un jour le ciel pétrit d'un semblable limon,
        Puis qu'il lança, de son *moi* détachée.
Il la possède ; — Alix, va partager son nom...

— Et le beau damoisel à la mine rêveuse,
Sur l'étendue obscure a suivi le chemin,
    Où disparut dans la vallée ombreuse
Celle qui d'un regard a fixé son destin.

V.

Mais l'airain prolongé retentit dans l'espace.
La cloche du donjon vient de frapper trois coups.
Au jour, la sombre nuit bientôt va faire place ;
Le crépuscule point, de son règne jaloux.
Et tout à coup, voilà qu'à son oreille
Le rêveur croit ouir d'ailes un battement.
    Serait-ce encore de la veille
Une vision folle ! un avertissement ?... —
    A travers les épaisses ombres,
    Sur le fleuve deux formes sombres
    S'abattent, fantômes de l'air.
De la reine des nuits le flambeau se ralume,
    Et dissipant la molle brume,
Projette sur ce groupe un rayon vif et clair.

C'est le Rhin,— c'est le Dieu de cette onde fougueuse.
  Son front chenu, de joncs est couronné.
Sur sa poitrine pend sa barbe limoneuse.
L'algue au vert chatoyant ceint sa jambe nerveuse.
Un sceptre dans sa main de bleus lis est orné.
Un char aux blancs coursiers, tel que l'éclair rapide
  Porte le monarque des eaux.
Sa fille auprès de lui rase la plaine humide.
Puis le tout disparaît au milieu des roseaux.

VI.

Lassé de visions. — « Loin de moi noirs prestiges !
» Dit Aymar ; mon esprit est atteint de vertiges.
» Oui, contre mes destins, oui, je me roidirai !
» — Oui, je saurai cacher à l'Elfine ma flamme,
» Puisque de mon Alix l'intérêt le réclame... —
» L'angoisse de mon cœur, oui, je la cacherai !
» — Je le puis ; des arrêts le livre redoutable,
» Jamais, a-t-elle dit, n'annoncera le sien.
» — Amour ! toi des amans égide favorable,

» Des jalouses fureurs garde un objet aimable !
» Je crains tout pour Alix, — pour moi, je ne crains rien. »

Il a dit et se précipite
Vers l'escalier du donjon ténébreux,
Et sous le penser qui l'agite
Il a franchi ses détours sinueux.
Il traverse l'espace sombre :
En face du châssis à l'altière beauté,
Il arrive, et le voit qui détaché de l'ombre
Offre encore à ses yeux son hôte redouté.
De la dame le bras avec lenteur s'avance,
Pour l'arrêter, du cadre, elle semble sortir.
— Le bel Aymar, un seul instant balance ;
Puis la main sur ses yeux, comme un trait il s'élance,
Bravant la vision qui le veut retenir....

. . . .

. . . .

Il a trouvé le repos sur sa couche.
Mille songes rians ont bercé son sommeil,
Nul spectre de malheur, nul fantôme farouche
Du noble damoiseau n'a hâté le réveil.

La Chapelle du Vallon.

IV.

In odio gliela pose ancor che tanto
L'amasse dianzi ; e non vi paja strano,
Quando il suo amor per forza era d'incanto.

L'Arioste.

I.

Le soleil a fourni moitié de sa carrière.
Aymar entrouvre enfin sa pesante paupière;
Son cœur est allegé, le destin est pour lui;
Le ciel d'un pur azur lui porte l'espérance.
Il appelle ses chiens. — Déjà l'heure s'avance,
Il chasse sur les monts le chamois aujourd'hui.

. . . .

. . . .

« — Courez, mes blancs limiers ! parcourez la montagne,
» Bientôt, heureux et fier d'une belle compagne,
» Je vous verrai livrés à l'indolent repos.
» — Holà ! mes blancs limiers, venez à votre maître ;
» Du vigilant Vesper l'étoile va paraître,
» Soumis, à mes côtés, marchons vers les roseaux. »

Entre les noirs sapins luit la chaste Diane,
Le vent du soir se tait et ne murmure plus ;
Et couché sur le banc de mousse et de liane
Que protège en arceau le roc aux flancs aigus,
Le beau chasseur attend sa hautaine Ariane,
Ses fidèles limiers à ses pieds étendus.

II.

Bien résolu de dérober sa flamme
Aymar veut murmurer le caressant appel ;
Mais sa voix défaillit, il le sent, pour son âme,
Oui, de tous les tourmens, feindre est le plus cruel.
Mais de sa douce Alix la sûreté l'exige,
Sur elle tomberait le poignard meurtrier ;

La tendresse alarmée avec l'honneur transige ;
Il fredonne tremblant, le refrain coutumier.
Et l'Elfine paraît plus que jamais brillante ;
Telle on a peint Vénus sortant du sein des eaux ;
La nymphe dominant la vague mugissante,
De perles, de saphirs la tête étincelante,
Fière de sa beauté, se berce sur les flots.
Mais le charme est rompu ; grimaçant la tendresse,
  Le beau chasseur a l'enfer dans son cœur.
  Au loin a fui la confiante ivresse,
Le temps se traîne, — Aymar l'accuse de lenteur.

III.

  Enfin, l'heure du départ sonne ;
Heure jadis témoin de regrets douloureux.
La lune au firmament d'un vif éclat rayonne,
Et des amans vieillis éclaire les adieux.
—A demain ! — A demain ! — L'écho du mont repète
  Ces mots jetés aux caprices des vents.
La nymphe fuit ; Aymar point ne tourne la tête.
— O destin ! tu créas les mortels inconstans.

IV.

Et demain a trouvé la demeure gothique
De joyeuses clameurs saluant le matin ;
Pages, archers, varlets, somptueux domestique,
Palefrois d'apparat rangés sous le portique,
Attendant le regard du seigneur chatelain.

Et demain a trouvé chassant avant l'aurore
Le bel Aymar qui fuit un importun penser.
Il arpente les monts, va, vient sans se lasser ;
Rappelle ses limiers ; puis les relance encore ;
Et dans un val ombreux finit par s'enfoncer.

V.

L'astre géant derrière la montagne
A caché la moitié de son disque empourpré.
L'ombre déjà s'étend sur la campagne ;

Des derniers feux du jour le couchant est doré.
Le bel Aymar lassé par le chamois rebelle
Jette sur l'alentour un regard curieux.
Au versant du coteau s'élève une chapelle,
Qui solitaire appelle
L'hymne reconnaissant du pélerin pieux.
Près de ce lieu sacré, coulant limpide et pure,
Une source abondante en cascade murmure,
Offre aux hôtes des bois son cristal bienfaiteur.
Là, de vieux pins chenus couvrent de leur verdure
Un siége hospitalier, repos du voyageur.

VI.

A la claire fontaine
Le chasseur s'est désaltéré,
Puis il s'assied ; — son regard se promène
Sur le ruisseau fuyant dans sa course égaré.
Enfin le souvenir chez lui commence à naître,
Ce Méandre enchanteur au frais et vert gazon,

.10

Est non loin d'un château qu'il ne peut méconnaître.
La tour des murs princiers s'élève à l'horison.

    A ce penser son cœur palpite,
Une image chérie a fait battre son sein.

    Un sentiment confus l'agite,
Il se lève. — S'éloigne. — Incertain, il hésite,
Puis a tourné ses pas vers le porche divin.
Entraîné par la voix qui dans son cœur commande,
Sur le mystique seuil Aymar s'est élancé.
O surprise ! à l'autel apportant son offrande
Un spectre en voile blanc à genoux est placé.
—Etonné, stupéfait, — le jeune homme s'arrête. —
C'est la baronne !... O ciel ! sa pâle main s'apprête

    A couronner la madone de fleurs.
— Fuyons ! a dit Aymar. — L'ombre tourne la tête,
Non, ce n'est point la dame augure de malheurs.
C'est elle !.... — Son Alix ! — O bonheur ! ô surprise !
C'est Alix à genoux devant le saint autel ;
Une gothique duègne à deux pas d'elle assise,
Tourne dévotement les feuillets d'un missel.

Eperdu, mille fois plus amoureux encore

A l'aspect ravissant de l'objet qu'il adore,
Timide, par la crainte et l'amour balancé,
Le jeune homme combat le feu qui le dévore,
Veut fuir... et... puis demeure au portail enlacé. —
Mais en vain le désir auprès d'Alix l'appelle;
Le respect, compagnon du véritable amour,
En despote l'arrête au seuil de la chapelle;
De mille sentimens agité tour à tour.
— Oui, c'en est fait, loin de voler près d'elle,
Il le doit, il fuira la douce jouvencelle.
Oserait-il troubler, se montrant à ses yeux,
Le saint recueillement de cet ange des cieux ?
Du fiancé discret la tendresse s'alarme,
       Il s'éloigne; il a fui;
Plus épris, désormais, tout entier sous le charme
Du riant avenir qui s'ouvre devant lui.

VII.

    Distrait, il marche, il marche encore.
Le soleil plus ne luit à la cime des monts.

La lune s'est levée, et comme un météore,
De son disque sanglant éclaire les vallons.
    L'ombre qui recouvre la plaine
Rappelle au beau chasseur le devoir qui l'entraîne.
Du Rhin au cours fougueux il a touché les bords ;
Mais non plus comme hier, non, — cette fois il porte
    Au rendez-vous une âme forte,
Qui pour tromper le joug braverait mille morts.
— « Un jour de feinte encor, dit-il, un jour loin d'elle ! »
La nymphe n'oserait porter sa main cruelle
Sur Alix, une fois qu'une chaîne éternelle
A l'amoureux Aymar unira son destin.
Un jour de feinte ! un jour à sa flamme infidèle,
Puis près de son Alix, oui tout entier demain !

VIII.

Il a gagné la roche. — Il est tard, et l'Elfine
    Doit accuser sa coupable lenteur.
— Eh ! qu'importe l'accueil que le sort lui destine,
D'aujourd'hui le courage a doublé dans son cœur.

Le hurlement plaintif de ses limiers fidèles
   Annonce la reine des eaux.
D'un pied indifférent elle effleure les flots,
Ses lèvres de corail sont au souris rebelles,
Ses yeux demi-baissés errent sur les roseaux.
Son front est dédaigneux ; touchant la verte plage,
Elle aborde, et se tait. — Tel le sombre nuage
Précède l'ouragan au sinistre ravage. —
Enfin son fier courroux comme la foudre a lui,
— Depuis quand ces retards, ces froideurs, cet ennui ? —
Aymar est resté calme, impassible à l'orage,
Il prétexte un départ nécessité pour lui.
— Quelques jours il lui faut... au loin... par bienséance
  De son vieux père accompagner les pas....
   A ces mots la nymphe lui lance
Un regard d'où jaillit la colère en éclats.
De toute sa hauteur Medée elle se dresse,
Soupçonne, accuse, voit son amour parjuré.
  Elle menace, invoque sa tendresse ;
  — Malheur à lui ! s'il fausse sa promesse,
S'il enfreint le serment à ses pieds tant juré.
— « Malheur ! si tu trahis celle qui t'idolâtre !
  » Malheur ! Aymar.... Malheur à toi !....

» Vois ce pied qui d'ivoire effacerait l'albâtre,

    » Quand il paraîtra, pense à moi !.... »

Effrayé malgré lui de ce brûlant délire,
Aymar balbutiant appaise ses transports ;
Et quand le mot amour, sur ses lèvres expire,
L'altière nymphe croit qu'il regrette ses torts.
L'heure légère fuit ; sur la terre et les ondes,
Le bienfaisant Morphée épand ses doux pavots ;
Aymar gravit le mont. Dans ses grottes profondes,
La nymphe soupçonneuse a cherché le repos.

Le Palais des Eaux.

V.

Misera, i suoi diletti ora le invola
Forza e saper del suo saper magiore.
Ella se'l vede, e invan pur s'argomenta
Di ritenerlo, e l'arti sue ritenta.

Le Tasse.

I.

A cent pieds au-dessous de la plaine liquide,
De la fille du Rhin déïté de ces bords,
Est le palais splendide,
Qui de tous les climats renferme les trésors.
L'art magique assembla pour parer ses murailles,
Ce que la terre enferme en ses vastes entrailles
De plus beau, de plus rare et de plus précieux ;
L'or, l'argent, et l'azur en lames le tapissent,

D'énivrantes senteurs des fontaines jaillissent,
Arrosent en filets cet Eden radieux.
Là brille le saphir, la topaze étincelle;
L'escarbouche enflammée épand son vif éclat;
L'éméraude sourit à la rose nouvelle,
Le rubis à la perle unit son incarnat.
Là, cent jeunes beautés aux longues tresses blondes,
Fleurs à leur doux matin,
Obéissent aux lois de la fille des ondes,
Peuple frais et léger de l'empire marin.
Là, dans des trépieds d'or, les présens de l'Asie
Exalent nuit et jour leurs parfums odorans.
Là, des mets les plus fins une table choisie;
Là, Cécube, Chios, Falerne et Malvoisie,
Epanchent à longs flots leurs nectars énivrans;
Et là règne sans cesse un éternel printemps.

II.

Au sein de ce palais, pàle, mélancolique,
La belle reine tient la verge symbolique,

Son front de nuages couvert
Est à demi-penché sur un livre entr'ouvert.
— Attentive, elle lit, et s'enflamme à mesure
    Qu'elle parcourt les arrêts ténébreux. —
Elle se lève enfin, détache sa ceinture,
Et trace en murmurant un rond mystérieux. —

. . . .

— Son pied d'albâtre nud dans le cercle magique,
    En langage cabalistique,
La nymphe a proféré les mots les plus puissans.
Vers l'orient trois fois tournant son beau visage,
Trois fois de l'occident saluant le rivage,
Elle agite à trois fois le coudrier aux vents.

. . . .

. . . .

III.

— Silence ! le charme s'opère.
Minuit sonne, heure de mystère,

Qui des morts ouvre les tombeaux.....
Trois fois de son pied nud elle frappe la terre,
Et d'une voix terrible elle exale ces mots :
     — « Lune, amante du mystère,
    » Astres, flambeaux de la terre,
       » Météores embrasés,
    » Vents ministres des orages,
    » Foudre, éclairs, fléaux, ravages,
    » Dieux infernaux, paraissez ! »

Et le plafond brillant avec fracas s'entr'ouvre ;
Et le flot retiré laisse entrevoir les cieux ;
D'un nuage sanglant la lune se recouvre,
Les astres ont perdu leur éclat lumineux.
    Le vent mugit, la terre tremble ;
    L'Elfine redouble ses cris :
    — « Vous que j'évoque tous ensemble,
    » Paraissez nocturnes esprits !
    » Divinités des froides ombres,
    » Epousez mon bouillant courroux,
    » Sortez de vos demeures sombres,
    » Pour me venger, empressez-vous ! —

» Servez ! servez ma juste rage,
» Ombres ! paraissez sans retard ;
» Dans le sein de l'amant volage
» Portez la torche et le poignard !

» Oui ! oui, que la torche embrasée
» Consume ce cœur inhumain....
» Que la main dans sa main pressée,
» Par la mort se glace soudain....
» Oui, que sur lui la foudre éclate;
» Déesse au noir enchantement,
» Frappe !... — mais non.... ô formidable hécate !
» Par tes charmes vers moi rappelle mon amant. »

IV.

Déjà des noirs esprits la phalange égarée
Envahit le palais, séjour des doux plaisirs ;
Prête à servir sa reine, aux soins vengeurs livrée ;
A voler au-devant de ses cruels désirs.
Et l'Elfine s'arrête à l'aspect effroyable

De la troupe arrachée aux formidables bords ;
De ces démons hideux à forme épouvantable,
Un à un arrivant de l'empire des morts.
Elle s'irrite.—« Eh quoi ! malheureuse ! dit-elle ;
    »Eh quoi ! mon art me serait-il rebelle ?
            »Pour ramener un infidèle,
        » Dois-je évoquer les esprits infernaux ?... »
Sur un pan de cristal elle a porté sa vue,
Pâle, cheveux épars, de fureur éperdue,
Elle ne connaît plus ses traits toujours si beaux....

.   .   .   .

V.

Tel que l'éclair rapide, une vive pensée
Semble lui découvrir un horizon serein ;
Sur son front souriant elle passe la main.
Des esprits ténébreux la phalange est chassée ;
Doucement par trois fois sa baguette abaissée,
Aux élémens fougueux rend le calme soudain.
        Une vapeur légère,

Semblable aux flots d'encens la couvre toute entière.
  De ce lieu les mille flambeaux
S'éteignant tout à coup attestent sa puissance ;
La sombre obscurité, compagne du silence,
  Règne dans le palais des eaux.

VI.

Aymar a regagné la roche sourcilleuse,
Tout repose déjà dans le noble manoir.
Assis seul, au milieu de la grand'salle ombreuse,
Le chasseur harassé prend le repas du soir.
Un lustre aux triples bras, d'une pâle lumière,
Eclaire faiblement le nocturne festin ;
De pages, de varlets, l'escorte coutumière,
Sur un signe a quitté le service au déclin.
Le vieux sommeiller seul, près de son jeune maître,
Reste, et semble vouloir deviser en secret ;
  Le brave Hubert l'a vu naître,
L'aime comme son fils, d'amour tendre et discret.
Il parle ; Aymar distrait à se lever s'apprête ;

Mais Alix est nommée, au loin est le sommeil.

Le vieillard est verbeux, peu l'amant s'inquiète ;

— A demain le départ ! demain, quel doux réveil !

Mais Hubert s'assombrit ; à la fête adorée,

Un tableau moins riant vient se joindre soudain.

— Cette nuit, sur la tour, de ses joyaux parée,

      La dame blanche s'est montrée ;

L'un a dit, agitant un blanc voile de lin.

L'autre... — La voix du vieillard est tremblante.

Il se tait. — Mais Aymar l'interroge de l'œil.

L'autre?... Ah! mon doux Seigneur! j'en frémis d'épouvante,

D'autres disent... tenant un long voile de deuil !...

— Ce n'est point tout encor. Votre noble bannière

Fut trouvée abattue au sommet du donjon.

Ce matin, détaché de sa place ordinaire,

Sur la dalle gissait l'écu de la maison.

Aymar a ri d'abord, puis bienveillant rassure

      Le vénérable serviteur.

— « Va, dit-il, bon Hubert, la bénigne nature

» Ainsi n'annonce point aux mortels le malheur.

» Chasse, chasse crois-moi, cette folle chimère.

» Mais surtout, garde bien, que près de mon vieux père,

» Ces mensongers récits n'arrivent imprudens ;

» Inquiété par eux, que son repos s'altère ;
» La vieillesse soupçonne et croit aux revenans.
» Va, le ciel est pour nous. Demain l'aube brillante
  » Nous trouvera loin de ces murs.
» —Demain ! ce mot et m'enivre et m'enchante !...— »
Excitant d'un flambeau la flamme vacillante,
Aymar s'est élancé dans les couloirs obscurs.

Le Jour des Noces.

VI.

Nou sai ben dir, s'adorna, o se negletta
Se caso, od arte il bel volto compose;
Di natura, d' amor, de' cieli amici
Le negligenze sue sono artificj.

Le Tasse.

I.

Sur un ciel bleu, que l'aube caressante
Déjà blanchit des premiers feux du jour,
La bannière de Staub se déploie éclatante
Au sommet de sa haute tour.
Blanche, à la double croix de gueule, écartelée
De quatre lions orgueilleux ;
Au souffle du matin elle s'est déroulée,
Et flotte en bruissant sur les crénaux ombreux.

Déjà la cour d'honneur d'une foule est emplie,
Des roses en festons ornent partout les murs ;
 Le rameau vert sous la guirlande plie
Et s'attaehe aux contours des portiques obscurs.
Tout respire en ces lieux et le luxe et l'ivresse ;
L'écu couvert de fleurs porte un chiffre adoré,
Le somptueux manoir de sa jeune maîtresse
 Célèbre l'hymen désiré.
Là chacun l'aime.—Tous, vieux ou jeunes près d'elle
Ont trouvé soins, appui, secours et tendre zèle,
 Et, dès ses premiers ans,
Elle fut l'ange pur qui déployant son aile,
Sur le pauvre épandit des bienfaits incessans.
— O quel chœur radieux, bachelette candide,
Suivra tes pas au pied du saint autel ;
Bénira tes destins, et sur ton front placide
Ardent appellera les dons de l'éternel !
— « Puisse le tendre amour tresser sa belle vie
 » De myrtes toujours verts.
» Puisse, digne d'un sort qui de tous fait l'envie,
» La flamme de l'époux affronter les hivers ! » —
Ainsi disait la foule à mesure croissante.
La cavale heurtait le riche palefroi,

Le destrier bouillant à la croupe écumante,
Déposait son fardeau sous la tour du beffroi ;
Puis la lourde basterne au lampas magnifique,
Aux coursiers panachés, au grelot argentin,
Lentement s'avançait jusqu'au pied du portique ;
Puis sous son double poids la mule pacifique
Déchargeait humblement son cavalier mutin.
Partout tumulte, bruit, fracas, chants d'allégresse.
Puis au dehors vilains, menu peuple en liesse,
Tous couverts de rubans attendant à leur tour
   L'heureux cri de largesse !
Le semi de doublons que leur promet ce jour.

II.

Dans une vaste chambre à la riche tenture,
Livrée aux soins coquets d'un bourdonnant essaim,
Alix laisse à loisir composer sa parure ;
Et sous des flots épais de gaze et de satin,
Semble une Galathée à son premier matin.
Le temps presse, déjà sur sa tête innocente
Le voile nuptial aux blanches fleurs s'unit.

Dire les doux pensers de la vierge charmante,
Quand le flambeau d'hymen à sa fenêtre luit...
— Quoi ! révéler du cœur le mystérieux rêve ?....
Tout cœur de jeune fille a son rêve chéri.
— Eh bien ! celui d'Alix délicieux s'achève,
Aymar est le mortel du rêve favori.
Elle rêva bonheur, constance, sympathie,
Et dans les yeux d'Aymar elle a vu tant d'amour....
        — Amour ! a-t-il dit pour la vie ! —
La vierge a répété ce serment à son tour.
Comme le tendre lierre à tout jamais s'enlace
        À l'amoureux ormeau,
La rose du manoir au fils de noble race
Unit son avenir par-delà le tombeau.

III.

Mais tandis qu'en ce songe, Alix reste bercée,
Ses femmes ont posé la couronne d'hymen.
Au milieu d'une foule à lui plaire empressée,
    Le bel Aymar attend sa fiancée,

Entouré des amis du comte de Rhutwen.
Nul penser de malheur ne trouble son ivresse.
    — Le ciel est pur, — une erreur de jeunesse
Ne lui peut attirer le céleste courroux. —
Dans ses bras, rayonnant son vieux père le presse ;
    Il l'a béni, ce matin à genoux.

IV.

O quelle est belle, Alix, sous son vaporeux voile !
Ainsi du nautonier brille soudain l'étoile
    Qui lui montre le port.
Telle au regard d'Aymar paraît la fiancée.
    — « Toute une vie avec elle passée !
» Vivre et mourir ensemble, ô trop fortuné sort ! »

Ainsi que du soleil, père de la lumière,
L'absence aux vains mortels amène les terreurs,
Son retour annoncé par l'aube coutumière,
Soudain dissipe l'ombre et rassure les cœurs ;
Le ravissant aspect de celle qu'il adore,

.12

Chasse loin de l'amant l'avenir redouté ;
Quel souci ne fuirait devant la vive aurore
Qui promet à ses vœux tant de félicité !...

V.

L'autel est prêt. L'encens précieux fume.
La lampe d'or combat les feux brillans du jour.
D'un nuage odorant l'enceinte se parfume.
L'orgue aux graves accords, soupire un chant d'amour.
Le pontiffe paraît. L'hostie est consacrée.
O mystère ineffable ! ô radieux moment !
L'interprète des cieux étend sa main sacrée
    Sur le couple charmant.
C'en est fait, l'union est à jamais jurée,
Le saint prêtre a béni le mutuel serment.
Et la paix a régné sous la voûte gothique ;
Nul tonnerre lointain n'a troublé l'hymne en chœur
Qui s'exale bruyant du féodal portique.
Chaque voix, chaque écho semble crier, — bonheur ! —
L'époux est triomphant ; du regard il dévore

L'ange auquel pour jamais ses destins sont unis ;
Tandis que la pudeur de ses roses colore
Le front candide et pur de la charmante Alix.

VI.

Dans la salle d'honneur le cortége s'élance ;
Au festin nuptial les hôtes sont assis.
La troupe des jongleurs joyeusement s'avance ;
Les flûtes, les hautbois ont rompu le silence,
Appellent la liesse et provoquent les ris.

La coupe circule pleine
Du vin le plus généreux ;
Le Germain tout d'une haleine
Vide le hanap fumeux.
Le riche flacon se brise,
Dédaigné vole en éclats ;
D'Aymar la coupe, ô surprise !
Seule ne s'épuise pas.

Jalousie.

VII.

O incurabil piaga, che nel petto
D'un amator sì facile s'imprime
Non men per falso che per ver sospetto!
Piaga, che l'uom sì crudelmente opprime,
Che la ragion gli offusca, e l'intelletto,
E lo trae fuor delle sembianze prime!

L'ARIOSTE.

I.

Près du vieux châtelain placée,
En face de l'époux est la douce épousée,
Riche de ses attraits comme un ciel de printemps.
Mais qui peut des humains sonder les sentimens ?...
Qui peut suivre du cœur la mobile pensée ?
—Aymar naguère heureux,—depuis quelques momens,
Sombre, — inquiet, d'Alix suit tous les mouvemens.
　　　Debout derrière elle,

Ecuyer fidèle,
Un page brillant
Semble de la belle
L'amoureux servant.

— Quel est ce beau page
Aux yeux azurés,
A la mine sage,
Aux cheveux dorés ;
Est-il du Margrave
L'humble serviteur ?
Son air fier et grave
Sent le haut seigneur.
Sa casaque au fond d'or, d'émeraudes chargée,
Est sans nul écusson ;
Sa toque vert de mer d'une plume ombragée,
Non, n'est point aux couleurs de la noble maison.

A la charmante Alix il verse l'onde pure ;
Lui seul emplit sa coupe à riche ciselure ;
A lui seul tous les soins compagnons de l'amour.
— Vrai Dieu ! se dit Aymar, que l'heure ici me dure !
De Stolzber que ne puis-je avoir gagné la tour.

« — Vrai ! ce maudit page,
» Ci me déplaît fort ;
» Il n'est point, je gage,
» Enfant de ce bord.
» Cet humble servage
» Cache quelqu'outrage,
» Quelque fol dessein.
» Malgré moi la rage
» Agite mon sein.
— » Oui, — j'en jure ! fût-il du plus noble lignage,
» Ce mignon damoiseau, je le chasse demain ! »

Et l'œil du bel Aymar de courroux étincelle.
Ce n'est plus ce regard à la fois fier et doux
Qui disait, — mon Alix que tu me sembles belle.
— Eh quoi ! déjà l'amant a fait place à l'époux ?...
Aux vapeurs du festin quoi ! cette flamme enfuie ?
Alix ne trouve plus ces traits de sympathie,
Ces éclairs d'un bonheur sans mesure et sans fin.
Point elle ne connaît las ! de la jalousie,
Ce froid si ressemblant à l'insultant dédain.
— Pauvre Alix, — elle reste inquiète, saisie ;
Un nuage léger couvre son front divin.

Mais le bel étranger disparaît dans la foule.
Le Tokai ruisselant à larges flots d'or coule,
Met au défi le faible, et triomphe du fort ;
La colère d'Aymar comme un songe s'écroule ;
Honteux et repentant de son jaloux transport,
L'époux boit maintenant son hanap à plein bord.
Et du beau front d'Alix le nuage s'efface ;
C'est son Aymar encor plus tendre que jamais.
Mais le festin s'échauffe et les dames font place
Aux toasts enfans joyeux des propos indiscrets.

II.

Dans une immense galerie
Aux pilastres chargés de riches ornemens,
Où serpente en contour une estrade fleurie,
Aux degrés recouverts de tapis de Turquie ;
Saltimbanques, jongleurs et joueurs d'instrumens,
Hâlés Bohémiens aux étranges figures,
Sautillans bateleurs aux mille bigarures
Attendent le signal des divertissemens.

— « Dame ! dit une fille aux longs cheveux d'ébène,
Au chaperon conique d'oripaux chamaré,
A la jupe écarlate où brillant se promène
Le zodiaque entier dans un cercle doré.
— « Dame! si tu m'en crois, garde-toi de l'étoile
        Qui levée au couchant,
  » Perce des nuits l'impénétrable voile ;
» Avec ton astre elle est en combat permanent.

       — « Son levant perplexe
      » Lui rebours à tort.
      » Son Midi bissexe
      » Abîme son fort ! »

La belle Alix sourit à la brune Boême,
Cet étrange idiome est pour elle amusant.
Le sexe est curieux, dit-on, jusqu'à l'extrême ;
Alix est femme, jeune, et sans détour elle aime :
— « Soit, dit-elle, viens çа, mon avenir disant. »

III.

L'égyptienne tient la main blanche et mignonne,
De ses linéamens elle suit les contours.
— Ci, la ligne de vie au plus ou moins long cours.
— Là, des chagrins jaloux, cette ligne en foisonne :
Dans ce triangle aigu les volages amours....
— Ici... — sa voix plus basse avec chaleur devise ;
Le visage d'Alix s'est rembruni soudain.
Elle cherche de l'œil le miroir de Venise,
Qui si jolie encor la montrait au matin.

La sibylle poursuit — pour augmenter ses charmes
Et fixer à jamais les amours inconstans,
Il est des philtres...— elle...—en possède...—leurs charmes
Conservent à toujours l'épouse en son printemps.
Elle a dit. — Dans sa main une fiole brille.
— « Formé de sucs cueillis sur des monts inconnus,
» Cent ducats ne pourraient, dit la noirâtre fille,
» Payer cet elixir aux magiques vertus ! »

— Cent ducats ! un remède, au repos si prospère...
Un rayon de bonheur surpris par l'étrangère
Dans les beaux yeux d'Alix comme un trait a passé.
Elle tremble, — rougit, — enfin son aumônière
Livre au devin jaseur de l'or à flot pressé.
— Elle tient le flacon à la liqueur limpide
— « Où le cacher ? » dit-elle ; — et dans son sein timide,
Sous les plis du satin le flacon s'est placé.
Puis honteuse bientôt de son erreur profonde,
Alix sure d'Aymar condamne ce dessein.
— Et pourtant....— si jamais...— sa belle tête blonde
S'incline en soupirant sous un fantôme vain.

IV.

Aymar s'est éclipsé. — Assis près de sa mie,
Il savoure à longs traits un tranquille bonheur ;
Chaque instant son Alix lui semble plus jolie,
Belle de ses attraits, belle de sa pudeur ;
Sans voile maintenant, simple dans sa parure,

Un blanc feston de fleurs seul orne ses cheveux
Qui retombant bouclés sur sa fraîche figure,
La cachent à demi sous leurs flots onduleux.

Mais l'astre du banquet s'éteint ; la galerie,
Des convives joyeux est tout à coup remplie ;
D'un essaim de beautés les degrés sont couverts,
Et le fier Banneret que nul serment ne lie,
Bientôt sans y songer trouve d'amoureux fers.
      Le divertissement commence,
      Le lai naïf des luths s'élance.
Le trouvère du nord, ou l'enfant du midi,
      Se levant, tour à tour cadence
La ballade plaintive ou le tenson hardi.

V.

Eh quoi ! des chants encor d'une voix chevrotante,
Un vieux jongleur blanchi dans l'art du gai savoir,

Sur son aigre rebec, à sons discordans chante
Le lai, que balancé sur la vague écumante,
Le pêcheur amoureux fredonne au vent du soir.

Le printemps vient de sourire,
La brise tendre soupire,
                    Au matin.
Belle au petit pied d'albâtre,
Le zéphir jeune et folâtre,
                    Idolâtre
Ton minois frais et mutin.

Où vas-tu ? vierge chérie !
Cherchant l'épine fleurie
                    Sur le mont,
Veux-tu sur ta blonde tête
Enlacer la violette,
                    Que l'herbette
Cache à l'autan furibond ?

Dis ! où vas-tu jouvencelle ?

Imites-tu l'hirondelle
　　Qui s'enfuit,
Des climats lointains éprise,
Alors que souffle la bise,
　　Et méprise
Le soleil d'hiver qui luit.

— Douce et gente jouvencelle,
Rose à la fraîcheur nouvelle,
　　Aime-moi !
Tu porteras ma couronne,
Oui, ma foi je te la donne,
　　Ma mignonne,
Et ne veux aimer que toi !

— Point mon cœur n'ambitionne,
Non, beau sire, ta couronne
　　Ni ta foi ;
Il est un berger que j'aime,
Et je veux pour diadème,
　　La fleur même

Qu'aux champs il cueille pour moi.

Va, crédule jouvencelle,
Berger que tu crois fidèle
  Est trompeur.
Il aime ailleurs le volage,
Une autre que toi l'engage,
  A le gage
Que tu surprends à mon cœur.

J'aime....

  Au-dehors un bruit étrange
Interrompt du jongleur le chant à son déclin ;
C'est de voix, d'instrumens, un bizarre mélange ;
Le bruit s'approche, et de nature change,
C'est marche et mélodie ; et la portière enfin
S'ouvre aux nouveaux venus, devant eux l'on se range.
C'est violes, hautbois, flûtes, cors, tambourin ;
Puis mimes, tymbaliers, en humeur de liesse.

Cette masse bruyante en se divisant laisse
Voir une brune fille aux merveilleux attraits ;
Elle paraît à tous commander en maîtresse,
Un signe impérieux écarte ses sujets.

 — Serait-ce la fantasque reine
  Qui, dit-on, règne en souveraine,
Sur la tribu volage aux nomades instincts ;
   Riche d'or et de ciselure,
   Un poignard luit à sa ceinture,
Passe de son côté dans ses mignones mains.

La Brune Sirka.

VIII.

Nè il superbo pavon sì vago in mostra
Spiega la pompa delle occhiute piume :
Ne l'Iride sì bella indora e inostra
Il curvo grembo e rugiadoso al lume.

LE TASSE.

I.

Paix ! ballades, harpes, silence !
Avec Sirka paraît l'étoile de la danse.
On fait cercle à l'entour de la belle au teint noir,
Qui sur ses pieds mignons mollement se balance,
Semble dire : — Admirez ! — je veux me faire voir. —

Jamais rien de joli comme l'égyptienne,

14

Ne parut au milieu des rangs bohémiens ;
Ses yeux lancent l'éclair et dévorent l'arène ;
Ornement de son front, ses longs cheveux d'ébène
Tressés sont retenus par d'amoureux liens.
Sa joue au fin duvet légèrement pourprée,
Semble un fruit coloré sous les astres persans ;
Sa bouche au frais souris d'un vif corail parée,
Montre la blanche perle en deux remparts mouvans.
    C'est le palmier, c'est la gazelle
A la taille élancée, aux souples mouvemens ;
    Son costume la rend plus belle,
De l'Inde elle emprunta ses riches ornemens.
Sur sa jupe au fond noir de mille feux nuée,
    La coquille des mers
Serpente comme aux cieux la fantasque nuée,
Du chatoyant Béryl reflète les éclairs.
Un même cercle d'or à la trempe nacrée
Enserre les contours de ses bras arrondis,
Puis une longue écharpe en festons diaprée,
Fait de cette merveille une changeante Iris.

II.

Aux maîtres du logis suivant l'usage antique,
Elle adresse d'abord le salut commençal;
Elle s'incline, — puis son tambourin mimique
A l'orchestre nomade a donné le signal.
C'est un pas d'outre-monts que la belle balance,
      C'est le fandango gracieux;
      Une lente et molle cadence
Attire tout d'abord et captive les yeux;
      Puis bientôt la mesure appelle
La légère danseuse aux jetés bondissans,
A la brune Sirka zéphir prête son aile,
Ses petits pieds mignons disparaissent sous elle,
Elle voltige au bruit des applaudissemens.

III.

Dans la salle circule un vif et long murmure.

L'assemblée applaudit la charmante tournure,
Les mouvemens, les traits, la piquante figure,
De l'attrayante Almée aux attraits séducteurs ;
Les dames grandement admirent sa parure,
— Le reste, ne vaut point des transports si flatteurs.

IV.

Aymar est devenu silencieux et sombre ;
Le jour à son déclin va faire place à l'ombre,
D'un présent de bonheur ses pensers arrachés
Semblent le menacer d'un destin qu'il ignore.
Un malaise subit, inconnu le dévore ;
Sur la belle Sirka ses yeux sont attachés.
Il cherche s'il n'est point dans la brune Bohême
Pour l'objet de ses feux bien plus que pour lui-même,
D'un malheur avenir quelques signes certains....
Sous le jupon brillant de la fille folâtre,
Comme l'ombre il crut voir passer un pied d'albâtre....
— La danseuse sur lui lance des yeux mutins.

Et la charmante Alix a saisi ce manége,
— Cette fille prétend au cœur de son époux. —
Elle devient rêveuse, et sur son front de neige
Le fantasque soupçon jette un voile jaloux.

V.

Mais la danse reprend plus rapide et plus vive ;
Le tambour à grelots résonne sous ses doigts ;
Tantôt passionnée, et d'autrefois craintive,
La fille de Cypris donne ou reçoit des lois.
C'est œillades, souris, et mines agaçantes,
Comme d'ardens éclairs sans nul répit lancés ;
Pirouette rapide et poses séduisantes,
Ou tels qu'en des filets les cœurs sont enlacés.
Puis déroulant bientôt une scène nouvelle,
Le tambourin bruyant abandonne ses mains ;
A son tour le poignard luit, menace la belle,
Le tournant vers son cœur, la sylphide cruelle
Semble vouloir d'un coup trancher ses beaux destins.

.14

Enfin, le drame se termine
Aux éclats du vivat mille fois répété.
La folâtre Protée à la grâce mutine
A replacé le glaive à la trempe assassine,
Et de terreur encor le cercle est agité.

VI.

On s'assemble à l'entour de la magicienne,
Qui des feux de l'amour embrase tous les preux ;
Seul Aymar reste froid à l'attrayante scène,
Un importun soupçon sans cesse le ramène
Vers un groupe placé dans un recoin ombreux.
Depuis longtemps il croit y reconnaître
Le page langoureux que durant le festin
        Il vit tout à coup disparaître
Alors qu'il excitait son amoureux chagrin.

— C'est lui ! sur son Alix son grand œil se repose.
Attacher son regard sur cet objet si cher !....
Aymar étouffe. — Il faut qu'il respire un autre air.

Rapide il s'est levé, — l'arrêter !... — Alix n'ose...
Et l'époux fuit courbé sous un dépit amer.

VII.

Aymar s'est dirigé vers l'étroite terrasse
Suspendue au rebord du rocher sourcilleux ;
De ses vagues soucis il va cacher la trace,
Réfléchir, ou chasser des vertiges fâcheux.
C'est l'heure où de la nuit le cortège s'avance ;
Du soleil fugitif le disque s'est caché ;
Le crépuscule ombreux sur la pleine balance
Son voile de vapeur mollement épanché.
Déjà des monts voisins il dérobe la cîme,
Les ténèbres bientôt succéderont au jour,
Le doux parfum des fleurs s'élance de l'abîme,
L'oiseau joyeux redit un dernier chant d'amour.
Aymar ému, frappé de ce concert sublime,
Sent son âme s'ouvrir au bonheur à son tour.
Le silence du soir et la brise embaumée

Ramènent par degré le calme dans son cœur ;
Il se blâme, — s'en veut, et de sa bien-aimée
Se prend à rappeler l'adorable candeur :
— « Oui, se dit-il, il faut, il faut que la franchise
» Habite sous le toit de deux tendres époux :
» Ce seul trésor loin d'eux éloigne toute crise,
» Chasse la méfiance et le soupçon jaloux. »
Et vers un fol passé sa mémoire l'entraîne,
Un tableau rembruni trouble son avenir.
Alix peut découvrir sa liaison ancienne ;
Sa tendresse pour lui soudain s'évanouir. —
L'Elfine même, peut porter à son oreille
Le malveillant récit de serments parjurés.
Et si le froid dédain chez son Alix s'éveille...
Perdre l'amour d'Alix ! — ô douleur sans pareille !
Son estime !... — ô supplice ! — ô tourments abhorrés !...

— Non ! lui-même dira sa juvénile flamme,
L'impérieux penchant qui domina son âme,
De la fille des eaux le charme séducteur ;
Les jours, les mois passés dans le sein de l'erreur.
    Il dira tout. — Il n'aimait point l'Elfine,

Mais il était capté par sa grâce mutine.
Jeune, il tendait son front aux fers de deux beaux yeux.
      Dans le secret du cœur novice,
Ensemble il confondait l'amour et le caprice,
Et reconnut trop tard un piége dangereux.
— En revanche, il voudra que son Alix chérie
Lui raconte quel est ce bizarre étranger,
Ce beau page mignon plein de coquetterie,
Qui hors elle en ce lieu semble à tout étranger. —
— Mais non, Alix n'a point de secret, et son âme,
Est limpide il le sent comme le pur cristal;
      Fruit précieux, de la première femme,
Elle porte le sceau sur son front virginal.
Non, de ses jours sereins comme un beau jour de fête,
Jamais des passions la fougueuse tempête
      N'obscurcit le cours fortuné.
Simple rose des champs, elle n'est point coquette.
Que fait d'un damoiseau la fadeur inquiète,
Le regard imprudent, l'abord passionné?...
Fleur à son frais matin, sa tendre Alix ignore
Cet art si dangereux qui d'un sexe divin,
Fait un fier conquérant que sans répit dévore
Le désir de donner des fers au genre humain. —

— Non ! non, plus de tourments, de folle jalousie ! —
Au loin fuyez soucis, et chagrins acérés ;
Fuyez ! fuyez, l'époux désormais vous défie
De troubler maintenant ses esprits rassurés. —

Libre, débarrassé d'une crainte importune,
Aymar bercé d'amour, se fie à sa fortune ;
Dans les ombres du soir déjà brille la lune ;
Quelques instants encor triomphant, glorieux,
Il va conduire Alix au château de ses pères,
— Là, seulement à lui, sous l'ombre des bannières,
Du gothique manoir où dorment ses aïeux.

Le Philtre.

IX.

Ingiustissimo amor, perchè sì raro
Corrispondenti fai nostri desiri?
Onde, perfido, avvien che t' è sì caro
Il discorde voler che in due cor miri?

L'Arioste

I.

Alix est demeurée à sa place, rêveuse ;
Triste, inquiète ; elle ne peut, hélas !
Près du vieux châtelain, de ses craintes honteuses,
Demander où l'époux a dirigé ses pas. —
C'est alors que revient comme un vague problême
L'horoscope maudit de la noire Bohême ;
Et ses prédictions qu'elle accusait tout bas.
— Aurait-elle cessé d'être agréable et belle

Aux yeux de son Aymar ?... —
— Quoi! déjà serait-il à ses nœuds infidèle ?... —
— De la mime Sirka, doit-il suivre le char !...
Et son sein agité de douleur se soulève.
— Hélas ! doit-il s'enfuir, ce délicieux rêve,
  Eden de son premier printemps.
Une larme furtive échappe à sa paupière,
  Mais soudain, ô trait de lumière !
Il est un sûr remède à ses cruels tourmens...
Un souvenir vainqueur lui présente le charme
Qui lui doit garantir l'amour de son époux ;
Le philtre merveilleux, qui don de beauté charme
A tout jamais l'objet dont le cœur est jaloux.
  Sur son beau front renaît la rose,
Elle porte la main à la place où repose
  Le précieux trésor ;
Elle balance ; veut.... puis défiante n'ose
Essayer la liqueur achetée à poids d'or... —
  Elle combat le désir qui l'oppresse,
Mais en vain tyrannique il domine son cœur ;
— Non ! elle veut devoir à sa seule tendresse,
Ce bien tant désiré, gage de pur bonheur,
L'amour de son époux, son éternelle ardeur.

II.

Le jour a fui devant le crépuscule pâle ;
Le lustre aux bras massifs chasse l'obscurité.
Du margrave attestant la grandeur féodale,
Les épices, les vins circulent dans la salle,
Des convives nombreux excitent la gaieté.
Sur des plats dont le prix seul au travail le cède,
La cane a pris du fruit forme, teinte et saveur ;
Le Dieu qu'adore l'Inde au friant intermède,
Prodigue sous vingt noms son nectar enchanteur.
L'essaim des serviteurs tumultueux s'agite,
Offre la riche coupe ou le brillant drageoir.
On se lève, on se mêle, on se cherche, on s'évite ;
L'étiquette s'enfuit sous les voiles du soir.
Et plus d'un banneret, orgueilleux satellite,
Gravit autour de l'astre au séduisant pouvoir.

Mais tandis que Sirka, reine de par la grâce,
    Et reine de par la beauté,

Au milieu des amants que son adresse enlace,
Essaie un nouveau pas, un bondissant jeté ;
Tandis que la danseuse à la taille flexible
Prélude un boléro mollement balancé ;
A tout ce qui l'entoure Alix est insensible,
Son regard inquiet sur la porte est fixé.
— Qui peut tant retenir le bel Aymar loin d'elle ?
Quels soins l'emporteraient sur les doux soins du cœur ?...
Qui peut ?... — ô que l'esprit pour opprimer recèle
De fantasques tourmens et de vague douleur !....

III.

Enfin, le noble Aymar reparaît à la fête,
Son beau visage annonce une âme satisfaite ;
Mais ainsi l'a voulu le maître des destins,
Libre de tout soupçon, sans le vouloir il jette
Un rapide coup d'œil sur deux groupes lointains.
— Plus de page étranger à la mine rêveuse,
          A l'amoureux regard. —
Aymar respire. — Et la brune danseuse,
Qui sans le définir lui semble dangereuse,

De louange et d'encens se repaît à l'écart.
Tout lui rit... — mais du sort, ô trahison perfide !
Alix, Alix a vu ce regard si rapide ;
Vu ce premier regard par l'amour réclamé,
O désespoir ! jeté sur la noire sylphide,
Confirme les soupçons de son cœur alarmé.
— C'en est fait ! elle acquiert l'assurance fatale
Des volages malheurs par son astre prédis.
— Plus de doute !'— étourdie, elle est tremblante et pâle ·
· Le fantôme odieux d'une heureuse rivale
Egare sa raison et trouble ses esprits. —
Un page à cet instant est debout devant elle,
Lui présente une coupe au nectar précieux ;
Un souvenir sauveur tout-à-coup se révèle,
Le philtre ! ce trésor ; ô penser lumineux ! —
— O secours bienfaiteur ! — et de son sein la belle
A retiré soudain le flacon merveilleux. —

Le danger est pressant, et l'heure est décisive ;
Alix jette autour d'elle un regard de terreur,
Et comme une coupable, éperdue et furtive,
Verse dans le cristal la magique liqueur,
Puis avale d'un trait le breuvage vainqueur.

.15.

IV.

Heureux, tranquille, Aymar vers son Alix chérie
S'avance rayonnant de bonheur et d'amour ;
Mais ô ciel ! ô surprise ! étrange fantaisie,
C'est Alix maintenant qui l'évite à son tour.
Ses beaux yeux si sereins se troublent à l'approche
       De l'époux adoré ;
Elle pâlit, tressaille ; — est-ce un grave reproche
Que médite en secret son cœur désespéré ?
— Profitant du loisir causé par son absence,
Quelque vil envieux a-t-il eu l'imprudence
De s'armer contre lui d'un médisant venin ?... —
Ainsi se dit Aymar, et plus il ne balance,
Il va sans nul détour confesser son destin :

— Alix ! — douce chérie ! — et le front de la belle
A peint au même instant et le trouble et l'effroi.
Alix ! — elle se lève. — O surprise nouvelle !

Elle fuit, fuit l'époux qui possède sa foi. —
— O malheureuse Alix ! c'est la coupe de haine
       Que tu viens d'épuiser, hélas !
Breuvage préparé par la rage inhumaine
Plus cruel mille fois que le cruel trépas !

V.

Elle fuit.... sur sa trace Aymar se précipite ;
— Arrête, ô mon Alix ! — c'est moi, — c'est ton époux
Arrête ! — Au nom du ciel ! quel vertige t'agite ?... —
Alix, n'écoute pas, un fantasque courroux ! —
Arrête ! ne crois point des mensonges jaloux ! —
Alix ! — plus vite encor sa course s'accélère,
Elle a franchi d'un bond les cours, le pont-levis,
Telle aux yeux du chasseur fuit la biche légère
A travers les guérets, les bois et les taillis.

— Alix ! — prends garde Alix, ton pied froisse l'épine.

Sur ces cailloux aigus ne marche point, grand Dieu !
Arrête ! — écoute-moi ! — cette crête s'incline ;
— Prends garde, ne prends point ce sentier rocailleux !

VI.

Plus que les vents légère, Alix fuit, et rapide,
Traverse champs, vallons, gorges, coteaux, ravins ;
Semble vouloir longer du Rhin l'empire humide,
Et d'autre fois gagner les monts aux noirs sapins.
Rien ne peut arrêter sa course fugitive,
Sourde aux propos d'Aymar, telle sous l'épervier,
A tire d'aile fuit la colombe plaintive,
Ou la tendre brebis devant le loup cervier.

Aymar double d'effort ; il dévore l'espace ;
De sa sauvage Alix il suit de près la trace,
Et déjà par deux fois il a cru la saisir ;
Mais quand elle paraît de fatigue épuisée,

La malheureuse encor fuit de crainte pressée,
Fuit l'époux tant chéri qu'elle pense haïr.

La lune dans son plein éclaire cette scène ;
L'étoile du berger scintille au firmament ;
Le vent fougueux se lève et siffle dans la plaine,
Soulève en tourbillons le sable de l'arène,
Et couvre de ses cris la plainte de l'amant.

Ah ! qu'elle est belle ainsi, l'Atalante éperdue,
Sous ses cheveux épars, ses voiles en lambeaux :
Depuis quelques instans sa vitesse est accrue,
Conduite par l'essor d'une force inconnue,
Vers les bords escarpés du fleuve aux grandes eaux.

Succombant de fatigue, Aymar, pâle, livide,
S'arrête, — autour de lui, jette un regard avide.
— Ciel ! ils touchent au roc, témoin d'un fol amour !
Ils atteignent sa cîme ! — et la course rapide
D'Alix s'est ralentie. — Il repart intrépide,

Sent renaître sa force et la presse à son tour.
— Il vole, — étend les bras. — O ciel ! Alix vaincue
   Par l'amour ou par la douleur,
Comme aux doux sentimens tout-à-coup revenue,
S'arrête ; et soudain pose une main sur son cœur.
Vers lui tourne les yeux, non plus d'un air farouche,
Mais cette fois des yeux de tendresse remplis ;
Elle semble l'attendre, — et sa divine bouche
Laisse presque échapper un languissant souris.
Aymar s'écrie : — ô fortuné prodige !
   Dans ses bras il va l'enlacer ;
Mais esclave, soumise au sort qui la dirige,
Surprise tout-à-coup par un nouveau vertige,
La malheureuse Alix vient de se relancer.

. . . .

Elle arrive au sommet de la crête chenue,
Là, tel qu'un nid d'aiglon, la roche est suspendue
Sur le lit escarpé du fleuve impétueux.
Mais rien ne peut dompter sa terreur ; éperdue,
Alix franchit d'un saut le rebord sourcilleux,
Et soudain disparaît dans le gouffre, perdue
Sous les flots agités par l'aquilon fougueux.

Le Rhin gronde, mugit, il soulève ses ondes,
Semble vouloir briser ses remparts rocailleux.
Aymar plonge d'un bond ; des vagues furibondes,
Il combat le courroux de ses membres nerveux.
Il poursuit son trésor, — dans les grottes profondes
Il ira la chercher s'il faut, le malheureux !
Vingt fois il la saisit, — et vingt fois la tourmente
Arrache de ses bras son précieux fardeau ;
La houle à chaque instant s'élève menaçante,
A ces infortunés ouvre un béant tombeau.

.   .   .   .

— A la surface enfin les amans reparaissent,
    Mais cette fois l'un dans l'autre enlacés.
Sauvés ?... — Oh non ! — les flots sous eux s'abaissent,
Les recouvrent encor étroitement pressés.

Et la foule en émoi sur la rive accourue
    A grand' course de destriers,
Pour sauver ce beau couple à la rage inconnue,
Excite en vain l'ardeur des hardis bateliers.
Nulle barque ne peut braver l'onde effrayante,

Qui sans cesse fougueuse et se gonfle et mugit ;
Ce fleuve bondissant à la voix menaçante,
Qui tel que l'hydre aux cents bouches rugit.

Mais le fleuve s'apaise, une houle expirante
Roule, soulève au loin le couple malheureux ;
On s'écrie, — on s'agite, — et la foule en attente
Dans l'angoisse le suit, l'appelle de ses vœux.
Enfin, le Dieu jaloux a revomi sa proie,
Par le flot les amans sont jetés sur les bords....
— Horreur ! — horreur ! sans vie.... ô trop rapide joie !
Leurs âmes ont volé vers le séjour des morts....
Comme deux tendres Lis abattus par l'orage
Tombent sous sa fureur et meurent enlacés,
Les deux jeunes époux étendus sur la plage,
Ont rencontré la mort l'un dans l'autre embrassés.

.   .   .   .

.   .   .   .

Nul n'osera troubler cette union suprême,
Paix, — respect aux amans ! et qu'un commun tombeau,
Enferme leur dépouille à cette place même

Où de leurs jours mortels s'éteignit le flambeau.
En vain, l'orgueil héréditaire
Réclame en ses caveaux des restes tant chéris ;
Sous le sombre rocher, asile tumulaire,
Une simple et modeste pierre
Recouvre à tout jamais les amans endormis.

Dormez ! — dormez ! redit la grave Néenie ;
Et la pâle douleur du souvenir amie,
Grave sur ces époux, hier objets d'envie,
Ce verset consolant par l'écho répété :
— « Séparés dans la vie,
» Réunis dans l'éternité ! »

VII.

Longtemps un beau vieillard à la barbe neigeuse,
D'un feston de cyprès orna ces tristes lieux ;
Un jour.... il ne vint plus.... la parque ténébreuse

Avait fermé sur lui la tombe des aïeux....

Et depuis, chaque soir, une femme éplorée
Vient pleurer sous la roche un caprice vengeur ;
Aux rayons de Vesper, d'une lèvre altérée,
Vide avec désespoir un breuvage trompeur,
Puis soudain disparaît dans la brume égarée....
Comme aux feux du matin la légère vapeur.
Et quand les blancs rayons de la lune tremblante,
Tombent sur les brisans de l'arène écumante,
Quand l'astre dans son plein luit sans voile jaloux,
Que l'aquilon se lève et dans les sapins crie,
Le pêcheur attardé sur la vague en furie
Tremble, — pâlit, frissonne... et tombant à genoux,
S'écrie avec effroi : — « Sainte vierge Marie !
» C'est la course des deux époux !.... »

LA

RUINE DU MONT.

.16

Muojono le città, muojono i regni :
Copre i fasti e le pompe arena ed erba.

O que l'esprit s'éprend d'une secrète envie
A l'aspect imprévu d'une ruine amie,
Qui, telle qu'un géant domine le vallon,
Brave depuis mille ans le fougueux aquilon ;
Et sous le lierre épais qui grimpant la couronne,
Porte encore dans les airs sa hautaine couronne ;
Aire au front crenelé d'où s'élançait jadis
Le baron querelleur craint de ses ennemis.

La folle du logis, cette brillante fée,
D'un coup de sa baguette évoque les vieux jours ;
Chaque pierre s'émeut, sous la ronce étouffée,
Des hôtes disparus murmure les amours.

N'entend-je point la clameur des alarmes ?
  C'est bien ici la salle d'armes,
Où des forts en faisceaux appendaient les écus.
Des festins c'est ici la salle étincelante,
Où le héros bardé tient la coupe fumante,
Qui de main en main passe aux hôtes bienvenus.

D'un côté, sous ces murs, la vie aventureuse
  Des camps et des combats ;
De l'autre, l'existence et paisible et rêveuse,
Le lai du ménestrel, les fuseaux de Pallas.
Ici le chant de guerre, et le bruit des armures ;
Le cri retentissant de la garde des nuits.
Là, dans l'immense salle aux larges embrâsures,
  Aux gothiques lambris,
Triste, le front rêveur, la châtelaine assise,
Tient en sa main l'écharpe à la valeur promise,
Où tourne d'un missel les vieux feuillets flétris.

À son rêve d'amour, toute entière livrée,
À ses pieds gît encor la légende dorée
            Qui fit couler ses pleurs.
Qu'importe, qu'elle soit de femmes entourée ;
Seul, l'écho du vallon a redit ses douleurs....

Le temps fuit, l'aube naît, le cor bruyant résonne ;
            Le pont-levis s'est abaissé.
Pour la seconde fois le chant du départ sonne ;
En tête d'un parti, sous son drapeau croisé,
Le haut chef banneret dont le regard rayonne,
À ce dernier signal soudain s'est élancé.
— « Adieu beau chevalier ! » et la rose nouvelle,
Aux pieds du palefroi vole de la tourelle.
« Adieu beau chevalier, garde bien tes serments ;
» Assis sous les palmiers de l'ardente Syrie,
            » Pense quelquefois à ta mie,
» Qui de l'absence à deux dévore les tourments. »

Et comme elle, on redit, adieu ! rêve magique,
            Rêve de bonheur et d'amour.
Adieu donc pour longtemps belle ruine antique,
D'un passé de grandeurs, solitaire séjour.
Las ! plus n'éclate ici la voix de l'allégresse,

Le cri du noir hibou remplace les accords,
Du ménestrel joyeux, ami de la liesse ;
Et le corbeau croasse où résonnaient les cors.
Sous la tour où chantait la blonde jouvencelle,
Fredonne indolemment le rauque chevrier ;
Sur les murs où veillait l'active sentinelle,
Le pâtre souffreteux siffle une tourterelle.
En place du galop de l'ardent destrier,
J'entends dans le lointain la cloche du meunier....
Adieu donc, vieux château ! le fatal prosaïsme
De tout côté m'étreint. Adieu foyer sacré !
Péris, mon vieux château ! le cruel vandalisme
Sur tes masses déjà porte un pic accéré.
Mais non, reste debout, moniteur intrépide,
Aux âges orgueilleux montre du temps rapide
   Les ravages vainqueurs ;
Dis-leur que tout périt ; plaisirs, bonheur, couronnes,
Ovations, serments, sceptres, blasons et trônes,
  Sous l'aile des ans destructeurs.
Adieu ! que le repos habite ton enceinte ;
Vieux château mes amours, s'il est vrai qu'à minuit,
Solitaire étouffant sa douloureuse plainte,
Au lourd poids du tombeau l'ombre échappe sans bruit :

Que tes vastes salles s'emplissent
Des nobles hôtes d'autrefois ;
Que tes murailles retentissent
Du son des cors et des haut-bois.
Au milieu de l'ardente foule,
Que ton vaillant baron déroule
Sa bannière aux riches couleurs ;
Et que sa voix jette aux nuages,
Au torrent, aux ravins sauvages,
Le cri de ses aïeux vainqueurs !

Puis, quand luira l'étoile matinale,
Et que le chant du coq, aigre héraut du jour,
Aura replongé l'ombre en la tombe fatale,
Que l'aube blanchira le donjon de la tour ;
Que l'écho du vallon murmure :
— Tout passe ; tout dans la nature
Subit la loi du temps moqueur.
La vie est un rapide rêve,
Drame bigaré qui s'achève
Dans l'inconnu séjour d'éternelle splendeur....

A MOI PLAISIRS!

Ah ! qu'un front et qu'une âme, à la tristesse en proie,
Feignent malaisement et le rire et la joie...

André Chénier.

A moi plaisirs ! à moi joyeuse ivresse !
Versez, versez ce nectar à longs flots.
Réveillez-vous ! beaux jours de ma jeunesse,
    De mon front chassez les pavots !..
Quoi ! vous fuyez ? en vain je vous convie ;
Vous restez sourds, rétifs à mes accens.
Ciel ! à jamais la vieillesse ennemie
    Domine-t-elle mon printemps ?...

Que je vieillis!—Enfant hier encore,
Moi né d'hier, et déjà sans désirs!
O désespoir! à peine à mon aurore
    Serai-je donc mort aux plaisirs?
En moi s'éteint l'éclair de la pensée;
Mes pas errans s'alentissent sans buts;
Je sens la vie en mes veines glacée,
    Et mon cœur ne palpite plus.

J'ai souhaité la coupe de l'ivresse;
Heureux mortel, j'ai vu chaque matin
Jeux, ris, plaisirs, enfans de la richesse,
    Planer sur mon joyeux destin.
Un seul instant j'ai goûté de la vie
Le doux nectar, ô jours délicieux!
Félicité, me seriez-vous ravie....
    Pour toujours fuyez-vous ces lieux!

Las! je languis maintenant sur la terre;
Je ne sais plus ni trembler, ni frémir.
Mes yeux lassés redoutent la lumière,
    Et je voudrais en vain rougir.
Mon front pâli semble appeler la tombe,

Quand sous mes pas est un long avenir,
Au noir marasme, à l'ennui je succombe ;
   Je ne puis vivre ni mourir.

Hélas! pour moi n'est-il plus rien encore ?..
Ne m'est-il plus de soleil radieux ?...
Le vif éclat de quelque météore
   Ne pourrait-il charmer mes yeux ?
Ah! sur mon front pour rappeler les roses,
Plus éthérés, n'est-il point de zéphirs ?...
Pour d'autres fleurs sous d'autres cieux écloses,
   Peut-être aurai-je des soupirs !...

Oui, je le sens, il faut un autre monde
A toi mon cœur mort aux émotions ;
Pour secouer ta tristesse profonde,
   Il n'est plus de sensations.
Il te faudrait, vers de lointains rivages,
Errant, chercher des sites inconnus ;
Et naviguant sur le fleuve des âges,
   Trouver des bords inaperçus.

— « Pour ranimer la langueur qui t'accable,

.17

» Pauvre malade, il n'est point de climats.
» Tu moissonnais le bonheur véritable,
 » Aux seuls plaisirs vouant tes pas.
» Sache-le donc, quand l'ardente jeunesse
» En vains loisirs prodigue ses beaux ans,
» Son doux matin fuit, touche à la vieillesse ;
 » L'année a perdu son printemps. »

Juillet 1834.

LA

VENGEANCE DU MAURE.

BALLADE GRENADINE.

Alle squallide ripe d'acheronte
Sciolta dal corpo, più freddo che ghiaccio,
Bestemmiando fuggì l'alma sdegnosa,
Chè fu sì altera al mondo, e sì orgogliosa.

L'Arioste.

La gloire du Maure est flétrie !
C'en est fait, toute l'Ibérie
Courbe sous un joug orgueilleux ;
Seule, Grenade la vaillante
Dérobe sa tête mourante
    Aux fers honteux.

En vain de sa mortelle haleine,
La peste préservant la plaine,
Pour elle garde ses fléaux ;
Qu'importe ! le trépas livide ;
Le croissant demeure intrépide
  Sur ses créneaux.

Épuisé, mais encor terrible,
Le guerrier au fer invincible,
Almanzor défend ses remparts.
Quoi ! l'Espagnol vainqueur du Maure ?...
Malheur ! sous ces murs il arbore
  Ses étendards.

Périsse, la race insolente !
Demain, dans une aube sanglante,
Le soleil dardera ses feux ;
Demain l'assaut, demain la gloire !
A demain le chant de victoire,
  L'hymne pompeux !

 L'aurore luit, le bronze tonne ;
Sous ses coups tombe la couronne

De l'Alpuxaras menaçant.
Déjà la croix avec audace
Sur les hauts minarets remplace
    Le fier croissant.

Almanzor seul résiste encore ;
Sur les débris du peuple maure,
Il vient de s'ouvrir un chemin.
Tout disparaît devant son glaive ;
Puis, tel qu'un fantastique rêve,
    Il fuit soudain.

— « Où donc est le brave des braves ?
» Est-il au nombre des esclaves
» Le prince au glaive audacieux ?
» A moi ! dans ma coupe fumante,
» Qu'il verse d'une main tremblante
    » Le vin des Dieux ! »

Et l'Espagnol sur les ruines,
Au son des vives mandolines,
Goûte les douceurs du festin.
Coulez à flots, nectar limpide ;

18

A demain ! le partage avide,
Au lendemain !

Le Xérès à longs flots ruisselle ;
Mais, silence ! la sentinelle
Annonce un guerrier étranger.
Quoi ! c'est lui ! c'est le prince maure.
—. Espagnols ! il respire encore
Pour se venger !

Oui, c'est bien l'enfant du Prophète ;
C'est-là cette superbe tête,
Cet œil au regard incisif.
— « Espagnols ! maître de ces plaines,
» Moi-même je livre à vos chaînes
» Un roi captif.

« Je vous apporte ma couronne ;
» Tous mes trésors je vous les donne.
» J'adore et reconnais vos Dieux.
» Vassal, de vos lois tributaire,
» Avec vous je veux vivre en frère ;
» Oui, je le veux ! »

A l'Espagnol plaît le courage ;
Il a tendu sa main pour gage
Au prince encore à deux genoux.
« Soyons amis ! plus de barrières. »
— « Oui, dit l'Arabe, soyons frères ;
     » Embrassons-nous ! »

Et dans ses bras Almanzor presse,
Plein d'une délirante ivresse,
Les vainqueurs de ce fatal jour ;
A tous il donne l'accolade.
— « Maintenant, seigneurs de Grenade,
     » A votre tour !

» Allah ! vive le saint Prophète !
» Allah ! votre lèvre indiscrète
» Vient de cueillir un noir venin.
» Je porte la mort inflexible,
» Et le baiser, présent terrible,
     » Sans lendemain.

« Voyez mon teint pâle et livide ;
» Ma bouche de breuvage avide,

»Et mon sein, dévorant brasier :
» Un semblable mal vous dévore....
» Telle est la vengeance du Maure
  » Au cœur d'acier. »

Il a dit ; se tord et se roule ;
De ses bras étreignant la foule,
A ses flancs il veut la river.
Il rit ; et dans ce noir sourire
De la vengeance qui l'inspire,
  Semble rêver.

Il rit ; et sa bouche expirante,
D'une Néenie effrayante,
A murmuré le chant vainqueur.
Il rit ; sur sa face glacée,
Se lit la dernière pensée
  D'un vaillant cœur.

Telle est la vengeance du Maure ;
S'il tombe, fougueux météore,
Il lègue de sanglans fléaux.
Terrible en sa redoutable ire,

Il succombe ; mais il expire
Sur des tombeaux !...

LA

BELLE DES MONTS.

n

La verginella è simile alla rosa,
Ch' in bel giardin, sulla nativa spina,
Mentre sola e sicura si riposa,
Nè gregge nì pastor sele avvicina;
L'aura soave e l'alba rugiadosa
L'acqua e la terra al suo favor s'inchina.
Giovani vaghi, e donne inuamorate,
Amano averne e seni e tempie ornate,
Ma non sì tosta dal materno stelo
Rimossa viene, e dal suo ceppo verde,
Che quanto avea dagli uomini e dal cielo
Favor, grazia e Belezza, tutto perde.

L'Ariosto.

Mère de nos ruisseaux, la Wilia limpide,
Sur une arène d'or, roule des flots d'azur ;
Mais quand l'amphore en main, la vierge au front candide
Penche sur son cristal un corsage timide,
Sa figure est plus belle, et son cœur est plus pur.

Dans l'heureuse vallée aux ombres protectrices,
Sous le lys azuré, fils des tranquilles eaux,

La Wilia s'écoule au milieu des narcisses ;
Et les plus riches fleurs à ses ondes propices,
Portent chaque printemps quelques tributs nouveaux.

La Lithuanienne, ornement de nos rives,
Voit la fleur de nos monts suivre ses pas légers,
Poursuivre avec ardeur ses traces fugitives ;
Le chasseur, amoureux de ses grâces naïves,
Oublier à ses pieds la gloire et les dangers.

Pourtant la Wilia de lointains bords avide,
Dédaigne du vallon les paisibles douceurs.
Elle cherche un amant, le Niémen rapide ;
La nymphe aux flots d'azur, à la course timide,
Du fleuve impétueux partage les ardeurs.

Ainsi, dans le vallon, gloire de nos montagnes,
La Lithuanienne est livrée aux langueurs ;
Triste, elle fuit les jeux de ses fraîches compagnes ;
Et dédaignant l'amour de l'enfant des montagnes,
C'est un bel étranger qui fait couler ses pleurs.

Le fougueux Niémen, d'une étreinte soudaine,

Ravit la Wilia dans ses bras vigoureux ;
A travers les rochers et la sauvage plaine,
Adoré ravisseur, palpitante, il l'entraîne,
Et dans le gouffre amer ils périssent tous deux.

Comme la Wilia, timide jeune fille,
L'étranger te ravit au vallon paternel ;
Il t'entraîne au lointain, t'arrache à ta famille ;
Et du bonheur pour toi si l'astre un instant brille,
Bientôt il a fait place au regret éternel.

Ainsi veut le destin ; une invincible pente,
Dans un gouffre béant conduit le tendre cœur ;
Nul ne peut s'opposer à cette loi puissante.
Le Niémen séduit la Wilia charmante,
Et l'étranger ravit notre plus belle fleur.

La vierge au front rêveur, aime, pleure et soupire ;
Triste, la Wilia murmure ses amours.
L'une en les flots glacés de son amant expire ;
L'autre dans l'ombre expie un rapide délire ;
Et toutes deux encor jurent d'aimer toujours.

LE

SAUT DU NIAGARA.

19

« Nous arrivâmes bientôt au bord de la cataracte, qui s'annonçait par d'affreux
» mugissements. Elle est formée par la rivière de Niagara, qui sort du lac Érié, et
» se jette dans le lac Ontario ; sa hauteur perpendiculaire est de 144 pieds, depuis
» le lac Érié jusqu'au saut. Le fleuve accourt par une pente de plus en plus rapide,
» et au moment de la chute, c'est moins un fleuve qu'une mer dont les torrents se
» pressent à la bouche béante d'un gouffre. La cataracte se divise en deux branches
» et se courbe en fer à cheval ; entre les deux chutes, s'avance une île creusée en
» dessous, qui pend avec tous ses arbres sur le chaos des ondes. La masse du fleuve,
» qui se précipite au midi, s'arrondit en un vaste cylindre, puis se déroule en nape
» de neige, et brille au soleil de toutes les couleurs. Celle qui tombe au levant
» descend dans une ombre effrayante ; on dirait une colonne d'eau du déluge ; mille
» arcs-en-ciel se courbent et se croisent sur l'abîme. Frappant le roc ébranlé, l'eau
» rejaillit en tourbillons d'écume, qui s'élèvent au-dessus des forêts, comme les
» fumées d'un vaste embrasement. »

ATALA.

« Le fleuve d'abord au cours majestueux commence à précipiter sa marche à deux
» lieues de sa chute, et arrive ainsi à ce que les naturels du pays nomment les
» rapides. L'île des Chèvres (Goat-Island), qui a la forme d'un vaste fer à cheval,
» les sépare. Les chutes se trouvent ainsi divisées en deux parties : celle du côté
» américain, a 700 pieds de largeur, et celle du côté canadien, 900. Elles ont 160
» pieds de hauteur. Au milieu de ce vaste fer à cheval, tout disparaît dans un tour-
» billon de vapeur d'où s'élève un mugissement terrible , comme les éclats du
» tonnerre. »

Souvenirs de l'Atlantique.

Vous dont l'âme est ensevelie
Sous cette invincible torpeur,
Puisée aux champs de la folie,
Pâle, insurmontable langueur,
Fruit du luxe et de la molesse,
Que ne pouvez un instant,
Quelque charme vous transportant,
Voir cette chute enchanteresse,

Ce haut type de la grandeur
Des œuvres d'un Dieu créateur.
La voix qui du fond de l'abîme
Grave s'élève vers le ciel,
Réveillerait la voix sublime
Que Dieu mit au cœur du mortel.
Oui, d'une félicité pure,
Vos cœurs seraient soudain remplis,
Quand sur cette œuvre à l'aventure,
Erreraient vos regards surpris.
Brûlant d'une céleste flamme
Vers les suprêmes régions,
Bientôt s'élèverait votre âme,
Renaissante aux illusions.

Ils sont beaux, tes ombreux rivages,
Fleuve au berceau mystérieux,
Qui, semblable au fleuve des âges,
Cache ta noble source au sein des monts neigeux ;
Ils sont beaux quand aux cieux l'astre géant scintille,
Sème de mille feux chaque flot murmurant,
Qui paisible s'écoule, et tout-à-coup sautille,
Jaillit de roc en roc et s'éloigne en courant :

Mais, plus beaux quand montant derrière les collines,
L'astre tremblant des nuits, épand ses doux rayons ;
Jette sur les forêts ses lueurs argentines,
Et provoque du cœur les méditations.
Le regard attaché sur cette onde fougueuse,
Emu, le voyageur l'interroge des yeux ;
D'un peuple neuf encor son âme aventureuse
Se plaît à dérouler le passé nuageux.

Mais un canot léger sur l'arène écumante
Apparaît au milieu des brumeuses vapeurs,
  Brave les flots, sous la rame bruyante,
D'un chasseur vigoureux aux brûlantes ardeurs.
Impassible au péril sur ce courant perfide,
L'intrépide Indien ose se hasarder,
Debout sur son canot, roi de l'empire humide,
Semble aux flots mugissants, tel qu'un Dieu command.
Et chaque écho redit la légende effrayante
  Du jeune et fier nocher,
 Dont chaque nuit la pirogue imprudente
Vient du Goat-Island visiter le rocher.

O vous, amants zélés du temple de mémoire,

Vous dont l'esprit rêveur adore l'entretien
D'où s'exhale un parfum et d'amour et de gloire,
    Ecoutez la touchante histoire
    Du beau chasseur Canadien :

    Non loin de la chute admirable
    Que forme le Niagara,
    Audacieux, infatigable,
    Chassait le sauvage Zara ;
    Ardent, jeune, au printemps de l'âge,
    Ne respirant que le carnage,
    Les timides hôtes des bois
    Subissaient ses cruelles lois.
    Tour à tour un nouveau trophée,
    Au feu du conseil le plaçait ;
    Mais pour notre moderne Alphée,
    Ce jour néfaste paraissait.
    Déjà l'aube fraîche et vermeille
    Avait fait place au Dieu du jour,
    Qui semblait d'un regard d'amour
    Couvrir l'atlantique merveille,
    Et nul gibier ne s'offre encor....

Sa flèche est demeurée oisive ;
Aucun oiseau prenant l'essor
Ne défia sa main active.
Triste, renonçant à ses traits,
Franchissant bois et marécage,
Le beau sauvage arrive auprès
De sa barque à sec au rivage.
C'en est fait, d'un bras vigoureux
Il lance sa frêle pirogue ;
Tenant ce jour pour malheureux,
Suivant le cours du fleuve, il vogue
Aux bords que naguère il quittait,
Le cœur palpitant d'espérance.
— « Demain, dit-il avec regret,
» Sera plus fortuné, je pense ! »
Et bientôt habile patron,
D'écorce artistement tissue,
Par la lianne maintenue,
Un voile aide à l'aviron.

Ainsi, l'Indien intrépide,
Dirigeant son esquif léger,

Approche du courant rapide
Dont il connaît tout le danger ;
L'onde est devenue écumante,
Il peut entendre le fracas
De la cataracte imposante,
Souveraine de ces climats.

Déjà son regard de lynx plane
Sur ce vaporeux tourbillon,
Qui tel qu'un géant diaphane
Se dessine sur l'horizon.

Il touche au terme du voyage,
Il voit les feux de son foyer,
Et pour aborder au rivage,
Il dérive et va cotoyer,

Quand, ô bonheur, s'offre à sa vue
Un faucon, objet de ses vœux,
Qui se balance radieux
Et semble défier la nue.

— « Ah ! pour moi, dit-il, quel beau jour !
» Fortune, je te remercie !
» Ce soir, heureux don de l'amour,
» Ornant le front de ma Kesie,
» Je verrai du brillant oiseau

» La plume éclatante et dorée,
» Ceindre en guirlande diaprée,
» De ses cheveux le noir réseau. »

Il dit ; bientôt adieu prudence !
Aveuglé par ce fol désir,
Aux rapides, plus il ne pense ;
Il espère.... il croit réussir....
Et dans son ardeur insensée,
De son impatiente main
La voile est soudain abaissée ;
Préoccupé de son dessein,
Sa rame oisive se délaisse,
Sans crainte il vogue au gré de l'eau,
Attendant que le noble oiseau
Vienne défier son adresse.

Cependant, sillonnant les airs,
Le faucon d'une aile rapide,
Décrit mille cercles divers
Au-dessus de la plaine humide ;
Tandis que Zara le chasseur
Le plus habile de sa horde

Prépare le trait agresseur.
L'arc s'élève, et sur sa corde
La flèche prélude au départ :
Que le faucon touche au rivage;
Il est percé de part en part.

. . . .

— « Victoire à moi ! dit le sauvage,
» O sort favorable ! ô bonheur !
» Déjà dans sa course il dérive,
» Il prend son essor vers la rive ! »
Et sans retard le trait vainqueur
Part, va frapper le volatile.
D'une aile pesante et débile,
Contre la mort il lutte en vain ;
Il tombe, mais ! fatal destin,
Tournoyant sur l'onde écumant,
Dans le torrent il a roulé.....
D'une poitrine palpitante
Un cri perçant s'est exalé.
Adieu pour Zara l'espérance
De dépouiller le riche oiseau.
Eperdu, point il ne balance,

Il bravera le cours de l'eau.
Pour seul conseil prenant sa rage,
Il rame oubliant le danger,
Suivant le faucon qui surnage,
Qui tel qu'un phare mensonger
Vers un trépas certain le guide.....
Déjà l'inexorable mort
Lui montre la chute rapide
Et son inévitable sort.
Il reconnaît son imprudence;
Il voit l'horreur de son destin;
Le puissant moteur qui le lance
Résiste à tout effort humain.
Toutes rames sont inutiles,
Jamais, il ne l'ignore pas,
Nul mortel ne porta ses pas,
Sur ces vertes et fraîches iles
Couvertes de groupes de fleurs,
Défiant les doigts ravisseurs.
Nul, sur cette onde menaçante,
Hardi n'osa tenter le sort;
Zara sait qu'il court à la mort.....
D'une main d'horreur palpitante

Il cherche à saisir les rameaux
Des innombrables arbrisseaux
Qui bordent l'effrayant rivage...
Mais, ô mort !.. ô douleur !.. ô rage !...
Le feuillage reste en ses mains.....
C'en est fait ! sa perte est certaine ;
Ainsi le veulent les destins !....
Par une impulsion soudaine
Voyant fuir cet espoir dernier :
— « Mourons ! se dit-il en guerrier. »
Et l'Indien à sa ceinture
Saisit sa gourde d'eau de feu ;
Calme, sans changer de figure,
La vidant il répète, « adieu ! »
Puis, sur sa puissante poitrine
Il a croisé ses bras nerveux,
Et de sang-froid il examine
Le cours des flots impétueux.
Son œil sonde le gouffre immense
Qui bientôt devra l'engloutir ;
Déjà sa pirogue s'élance,
L'imprudent l'a senti bondir.
Tel, ainsi que l'éclair rapide

Roulant de rocher en rocher,
On voit le jeune et beau nocher.
Mais encore fier, intrépide,
Elevant ses bras vers les cieux,
Il semble faire des adieux;
Quand du saut dépassant la cime
Il a disparu dans l'abîme.....

Juin 1835.

LE POÈTE.

· A M. AL. DE LAMARTINE·

Dès qu'une voix mystérieuse
M'a donné le signal divin,
Comme une corde harmonieuse
Mon âme a frémi dans mon sein.
Silence, ô mes amis, silence!
Et vous, fuyez, dont la présence
Troublerait mes sacrés transports ;
Au hazard je frappe ma lyre,
Et laisse au démon qui m'inspire
Le soin d'en former les accords.

Ch. LOYSON Ode à Manzonni.

Sais-tu, quelle est la voix, qui dans l'âme du Barde,
Éveille tout-à-coup de magiques accens ;
Lui livre les trésors confiés à la garde
       De ses accords retentissans ?

Semblable à cette harpe, enfant de l'Eolie,
Qui résonne soudain au souffle des zéphirs,

L'âme du Barde élu vibre, et la mélodie
    S'échappe en suaves soupirs.

Seul, le poète pur, d'un être séraphique,
Dans un embrassement reçoit les dons divins,
Cette pensée unie au charme mélodique
    Dont il enchante les humains.

Il s'élance ; ses pieds ne touchent plus la terre ;
La nature revêt un prisme radieux ;
Sous l'orbe du génie, à ses vœux tutélaire,
    Pour lui semblent s'ouvrir les cieux.

Franchissant d'un regard la matière éthérée,
Il parcourt en vainqueur les mondes inconnus ;
Et c'est là qu'il surprend la note désirée,
    Les chants de sa lyre attendus.

Il règne ; et dans le ciel son étoile constante

En dépit des hivers brille de mêmes feux ;
Contre la nuit des temps sa muse étincelante
　　Protège ses chants glorieux.

Mais que peu comme toi du messager céleste,
Reçoivent, fortunés, l'embrassement divin.
Heureux déjà celui, dont la lyre modeste,
　　Voit à sa gloire un lendemain.

Août 1835.

LE

PARNASSE EN DEUIL.

Prends-moi le bon parti : laisse-là tous les livres.
Cent francs au denier cinq, combien font-ils ? — Vingt livres.
C'est bien dit. Vas, tu sais tout ce qu'il faut savoir.

Boileau. *Satyre* viii.

Pleurez ! pleurez, doctes fils du Permesse !
Fuyez l'abri, l'ombre des bois sacrés ;
Du dieu de l'or maintenant dans Lutèce,
    Seuls les autels sont révérés.
Le positif ; — partout c'est le mot d'ordre.
Géant altier filant notre linceuil,
Fondant ses droits sur les droits en désordre,
    Des arts il creuse le cercueil.

A ses côtés, enfant du réalisme,
Effroi, fléau du Parnasse alarmé,
Marche, hardi, le cruel scepticisme,
    Pour lui de pied en cap armé ;
Portant partout la hache meurtrière ;
Raillant la Foi, les nobles passions,
La gloire enfin, hélas ! cette dernière
    De nos douces illusions !...

Adieu beaux jours fils de la renaissance,
Rêves dorés, poétique avenir !
Chœur glorieux de notre vieille France,
    Ne savez-vous plus que gémir ?
Vous vous taisez ; un sommeil magnétique
Semble engourdir vos luths harmonieux ;
N'est-il donc point d'oracle sybillique
    Dévoilant l'espoir à vos yeux ?

Quand tout, hélas ! quand tout se chiffre en France,
Que deviens-tu, pauvre monde idéal !
O pur génie ! éternelle puissance,
    Qui te légua ce noir rival ?...
N'est-il donc point à nos maux de remède ?

Contre ce monstre, hélas ! ne pouvons-nous,
Fiers, appelant l'avenir à notre aide,
    Relever la France à genoux !

Devant Plutus, oui, oui tout s'agenouille !
Tout se résout par le seul mot — de l'or !
Pour l'obtenir, hautement l'on se souille ;
    Et c'est ainsi qu'on prend l'essor.
Fuyez ! fuyez divinités de l'âme !
Las ! dans ces murs on ne vous connaît plus :
La muse en pleurs vainement vous réclame ;
    Le positif brise nos luths !

Doux idéal à la robe brillante,
Qui sur nos fronts s'abattait radieux,
Vous avez fui devant l'aube sanglante
    D'un cycle aux arts pernicieux.
Ah ! de Dircé déjà l'onde est tarie !
Las ! il s'est tu le Pindare nouveau.
Muses, pleurez ! la lyre d'Olympie
    Est redescendue au tombeau.

Octobre 1834.

LE VIEUX TEMPS.

Ben furo avventurosi i cavalieri,
Ch' erano a quella età, che nei valloni,
Nelle scure spelonche e boschi fieri,
Tane di serpi, d' orsi e di leoni
Trovavan quel che ne' palazzi altieri
Appena or travar. . . . .

L'ARIOSTE.

Et la chevalerie, inclinant sa bannière,
Pose sur le cercueil sa couronne dernière.

SOUMET. *Derniers moments de Bayard.*

Oh ! qu'elle est loin de nous, cette époque cyclide,
Où chaque mur couvrait quelque noble héroïde,
Où le sylphe discret, au pied de chaque tour
Répétait à minuit un doux refrain d'amour ;
Refrain que murmurait la blonde jouvencelle,
A travers les barreaux de la blanche tourelle.
Dieu, sa dame, et le roi, tels étaient les trois mots
Qui chez l'adolescent découvraient le héros ;

.21

À Dieu, l'hymne sacré, les pompes magnifiques,
La myre, l'encens pur et l'offrande des cœurs ;
À son prince sa foi ; son bras aux champs belliques ;
À sa dame sa vie et ses pensers rêveurs.
O le beau temps celui de la chevalerie !
Beau temps où l'on courait des jeux du vert préau
Aux fêtes du Moustier à la sainte chérie ;
Où tous les rangs marchaient sous le même drapeau ;
Où de la cour d'amour aux senteurs d'Ambroisie,
Le chevalier volait au camp de Banneret ;
Où la prière sainte à flots de poésie,
Comme un rare parfum vers les cieux s'élevait !

O beau temps de croyance où tout parlait à l'âme,
Où l'air était peuplé de fantômes chéris,
Où chaque vieux manoir avait sa noble dame,
Chaque lieu sa légende aux magiques récits ;
Où le beau ménestrel visitait dans sa route
Le chaume, le palais, ou le fort crenelé ;
Accueilli, bien venu sous la superbe voûte,
Comme sous l'humble toit par les vents ébranlé.
O beaux jours, où ceignant et la bure et la haire,
De pieux pélerins volaient vers les saints lieux,

Affrontaient les périls pour embrasser la terre
Qui reçut du Sauveur les soupirs glorieux !
— Où sont ces hommes forts aux robustes natures,
Qui portaient sans ployer ces pesantes armures,
      Effroi des hommes d'aujourd'hui ?
— Hélas ! ils ne sont plus qu'une froide poussière ;
      Et cette race toute entière
      A jamais sans retour a fui.
      Où sont surtout ces nobles femmes
Que le fier paladin adorait à genoux ?
Qui, sous le lin, cachant de vigoureuses âmes,
En guerre gouvernaient au nom de leurs époux ;
Qui, le faucon au poing, vaillantes chasseresses,
Aux sons bruyans du cor battaient plaines et bois ;
Où, cachant sous l'airain leurs ondoyantes tresses,
Guidaient vers les combats leurs légers palefrois.
— Où sont-elles encor ces femmes séduisantes
Qui tenaient en leurs mains le doux code d'amour,
Resserraient des amans les chaînes vacillantes,
Et mettaient sans pitié le traître hors de cour ?
Beau temps ! cycle doré ! le siècle anatomiste
Veut, armé du scapel, vous réduire au néant ;
Brise dans son dédain votre radieux prisme,

Et Pygmée orgueilleux se proclame géant.

Oh ! pourtant quel parfum à nos sens se révèle

Au milieu des cités, filles des anciens jours,

Quand le penser rêveur nous couvrant de son aile,

De tout un long passé nous retrace le cours.

      Une évocation brillante

Fait revivre à nos yeux tout un monde idéal.

Mais, si bientôt rendus à l'époque présente,

Des races nous cherchons une trace vivante ;

Rien ! le Temps a posé partout son doigt fatal.

Des générations, le fougueux vent des âges

Efface sans pitié les vestiges sacrés ;

Seul, le poète encor rêve les vieux usages,

Leur consacre parfois quelques chants éplorés.

Des siècles enfouis recherchant les empreintes,

Il soupire, et demande à ces noirs monumens

Quelques nobles débris de ces races éteintes ;

Rien ! tout a disparu dans le gouffre des ans....

      Dans l'enceinte des basiliques,

Orgueilleuse, livrée aux désirs curieux,

Une foule mondaine inonde les portiques

Où jadis, pénétré des vérités bibliques,

Un peuple de croyans portait ses chants pieux.

Temple! ton saint autel où l'encens fume encore,
Malgré l'éclat pompeux qui toujours le décore,
N'entend plus l'hymne en chœur s'élever jusqu'aux cieux !...
L'homme a déifié sa vanité superbe,
Sur le trône divin il tente de s'asseoir,
Lui que le moindre vent peut courber comme l'herbe
Qui fleurit le matin et se fane le soir.
Mais, silence! partant du milieu des nuages,
Une secrète voix à mon cœur parle ainsi :
— « Cesse de déplorer le temps et ses ravages ;
»Étouffe les regrets d'un lyrique souci.
»Renouant les anneaux de la chaîne des âges,
»Barde! ne tente point de les chanter ici.
»Laisse l'airain sacré, laisse la douce brise
»Pour toi seul murmurer un langage inconnu.
»Au luth mystérieux la légende soumise
»Se plaît à révéler son charme méconnu.
»A l'écho du présent ose accorder ta lyre ;
»Le siècle a ses travers, mais il a ses vertus.
»Ardent rénovateur, l'amour du bien l'inspire ;
»Vois le but glorieux vers lequel il aspire ;
»Et sur les jours passés, crois-moi, ne gémis plus. »

LA FRANCE POÉTIQUE.

A M. DE SAINTE-BEUVE.

Ecco stridendo l'orribil procella,
Che'l repentin furor di Borea spinge,
La vela contra l' arbore flagella ;
Il mar si leva, e quasi il cielo attinge.
Frangonsi i remi ; e di fortuna fella
Tanto la rabbia impetuosa stringe
Che la prora si volta, e verso l'onda
Fa rimaner la disarmata sponda.

L'ARIOSTE.

Toi, du navire Argo, passager intrépide !
Toi, qui l'un des premiers, de l'art bouillant alcide,
      Bravant les vieilles lois
Sous lesquelles ployaient le front du pur génie,
Pour l'affranchissement de notre poésie,
      Fis entendre ta voix !

Toi, dont le cœur rêvait l'heureuse colonie,
Où de l'art nous devions, sous l'astre d'Aonie,
  Contempler l'âge d'or ;
Où la verve en sa fleur, de parfums embaumée,
Par un lyrisme pur saintement ranimée,
  Prendrait un libre essor !

Poète ! quand ta main sur la sonore lyre
Savamment essayait dans un noble délire
  Des accords inconnus,
Que ta voix généreuse annonçait à la France
Prophète d'Apollon, que de la renaissance
  Les temps étaient venus !

Oh ! nous écoutions tous ta lyre harmonieuse,
Avides, nous suivions ta marche curieuse ;
  Nul n'en semblait jaloux :
Fiers du même étendard, de la même pensée,
Nous répétions croyant l'ère poétisée,
  « L'avenir est à nous ! »

Puis, quand pour le scapel, indépendant critique,
Aux pleurs de l'Hélicon et du chœur poétique,

Tu délaissais le luth,
Nous te voyons encor guidant notre bannière,
Nous montrer bienveillant d'une main tutélaire
Notre glorieux but.

Enfin, nous la touchions cette heureuse Colchide,
Après mille combats, notre flotte intrépide
Apercevait ses bords ;
De l'amant de Thétis nous atteignions les rives,
Et déjà nous mêlions à ses ondes plaintives
Le bruit de nos accords.

Nous couronnions de fleurs la poupe triomphale,
Quand du lion soudain l'influence fatale
Vint obscurcir les cieux ;
Le soleil se leva dans une aube sanglante,
Et la cruelle Eris, unit sa torche ardente
Aux autans furieux.

O malheureux Argo ! fils chéri de Dodone,
Enfant des bois sacrés, quel danger t'environne !
Battu des flots amers,
Ah ! déployant en vain tes voiles prophétiques,

Hélas ! devons-nous voir tes débris sibylliques
   Engloutis dans les mers !

Un instant a suffi ; la fougueuse tempête,
Dans ses noires fureurs a foudroyé le faîte
   Du temple des beaux-arts ;
Notre nef est brisée, et la mer en furie,
Luttant contre ses flots, voit de la poésie
   Les adeptes épars.

Quelques-uns cependant ont regagné la plage,
Que jadis au départ, enflammés de courage,
   Ils quittaient radieux ;
Mais hélas ! ce n'est plus l'heureuse Thessalie,
Aux champs semés de fleurs, levant énorgueillie
   Sa tête jusqu'aux cieux.

Livrée à la langueur, engourdie, abattue,
Ne cherchant plus au sein de la hautaine nue
   Ses inspirations ;
Son front humilié se courbe vers la terre,
Elle si glorieuse ! elle encore naguère
   Reine des nations !

Ils reviennent ses fils ; et dans la solitude,
Les uns se renfermant, aux autels de l'étude,
    Redemandent l'espoir ;
Les autres saisissant l'arme de la critique,
Cherchent à nous montrer l'avenir poétique
    Dans les champs du savoir.

Oh ! tout n'échappe point à la terre chérie !
Il reste à ses enfans aptitude et génie ;
    Poète, aussi ton luth ;
De ta savante main l'étreinte fraternelle,
Encourageant l'essor d'une lyre nouvelle,
    Et lui montrant le but.

Non, il lui reste encor ta lyre courageuse,
Le scapel bienveillant dont ta main généreuse
    Guide vers l'avenir
Quelques luths échappés au funeste naufrage,
Où de naissantes nefs qui partant du rivage,
    Font chœur pour te bénir.

Non, tout n'a point péri dans l'affreuse tempête ;
Rappelant les élus à la sainte conquête

De l'heureuse toison,
Relevant l'étendard ; d'une voix éloquente,
Nous te verrons un jour à l'ère triomphante
Désigner un Jason.

Novembre 1834.

L'ÉTOILE D'ISRAEL.

« Qui marchera pour nous? dit le dieu des armées.

» Qui parlera pour moi? dit Dieu : Qui?... moi, Seigneur!

    » Touche mes lèvres enflammées!

    » Me voilà! je suis prêt! . . . .

De LAMARTINE. Méditations poétiques.

Honneur ! à qui reçoit du Dieu de l'harmonie
La noble mission d'enchanter les mortels ;
Qui docte desservant des vierges d'Aonie,
      Encense leurs brillants autels !

Heureux, qui dans son cœur sent la muse secrète ;
Qui du génie entend l'impérative voix
Lui crier : « Accomplis ta mission, poète !

» Soumis, obéis à mes lois. »

Et le poète élu, fils chéri du Parnasse,
Interroge sa lyre, et par de purs accords,
Prélude avec vigueur plein du feu qui l'embrase,
  A de mélodieux transports.

Bientôt à son regard sa tâche se déploie,
De son siècle il lui faut sonder les passions ;
Dans un rhythme flatteur que sa grande ombre ondoie,
  Vive en ses inspirations.

Et tout rempli de l'œuvre où son destin l'appelle,
Il s'écrie ; et soudain de magiques accents
S'exhalent à longs flots de sa lyre fidèle,
  Dans des versets éblouissants.

Il s'écrie ; inspiré, sa bouche prophétise ;
Les sources au désert jaillissent à sa voix ;
Des hauteurs d'Hélicon, poétique Moïse,
  Il prescrit de nouvelles lois.

Qu'il est grand, le mortel divin hiérophante,

L'enthousiaste pur par le ciel adopté,
Pour porter dans les cœurs plein d'une foi brûlante
   Le flambeau de la vérité.

Mais quoi ! la harpe sainte à ce dessein crée,
Silencieuse encor semble à jamais dormir ?
Le poète oubliant sa mission sacrée,
   Sourd, ne l'entend-il point gémir ?

Faut-il qu'un autre luth, dans des plaintes timides
Exhalant ses regrets, réclame les accords
Dont l'heureux nourisson des chastes Aonides,
   Jadis fit retentir ces bords.

Barde ! toi qui fervent pour la Grèce expirante,
Elevais dans les airs une sublime voix,
Qui du plus saint devoir à l'Europe indolente
   Dictais les imposantes lois.

Toi, qui sais à la foi marier l'héroïsme,
A l'inspiration une sage vigueur,
C'est à toi d'écraser le fatal athéisme,
   De briser son glaive frondeur.

A toi, qui sur Chios versais d'amères larmes,
Qui sur les maux des Grecs faisais couler nos pleurs,
C'est à toi de tarir par des chants pleins de charmes,
　　Cette source de nos douleurs.

Consacre dans une œuvre utile à tes semblables,
Ton passage brillant sur la terre d'exil ;
Dans les traits lumineux de chants impérissables,
　　L'empreinte du sistre viril.

Sonde, révèle-nous d'un siècle sans croyance,
Le chancre meurtrier qui le rongé en sa fleur ;
Qui dévore ses fils ! et pour toute espérance,
　　Leur montre le néant moqueur.

A ce généreux but, marchant avec audace,
Chantre, devant tes pas, que de riches moissons !
Aux poétiques champs marquant ta noble trace,
　　Pour ton luth, quels sublimes sons !

O receins le bandeau ! l'impérissable étoile !
Sur la prose penché ne courbe plus ton front ;
Laisse au froid érudit à soulever le voile

Qui recouvre un passé sans fond.

Du barde d'Israël, la harpe radieuse,
Poète fortuné brille en tes doctes mains ;
Pourrais-tu, déniant ta tâche glorieuse,
    Manquer à tes nobles destins ?

Oui, chantre aimé des cieux, ton siècle te réclame ;
Par le doute entraîné dans un chemin trompeur ;
Trace-lui dans des chants, fruits d'une pure flamme,
    La seule route du bonheur.

Et quand las de chanter, tu reploieras tes ailes,
Laissant un nom fameux qui ne doit plus périr,
A ton siècle léguant tes œuvres immortelles,
    Tu te diras, « je puis mourir ! »

Juillet 1836.

LA BOURSE.

.23

Quivi una Bestia uscir della foresta
Parea di crudel vista, odiosa, et brutta,
Che avea le orecchie d'asino, e la testa
Di lupo, e i denti, e per gran fame asciutta;
Branche avea di leon; l'altro, che resta,
Tutto era volpe. . . . .

.   .   .   .

O esecrabile avarizia, o ingorda
Fame d'avere, io non mi maraviglio
Che ad alma vile, e d'altre macchie lorda,
Sì facilmente dar possi di piglio;
Ma che meni legato in una corda,
E che tu impiaghi del medesmo artiglio
Alcun, che per altezza era d'ingegno,
Se te schivar potea, d'ogni onor degno.

L'ARIOSTE.

Quel est cet édifice où la foule se presse ?
C'est le temple du Dieu que révère Lutèce,
De l'enfant de Cérès, de l'aveugle Plutus,
Favorable au méchant, intraitable aux vertus.
C'est le renovateur, l'unique Dieu qu'honore,
Que le nouveau Paris, avec ferveur adore.
C'est le Dieu de ce cycle en vices si fécond,
Qui creuse sous nos pieds un abîme sans fond ;

Qui hardi, sans pudeur, a pris pour sa devise :

« Quand riche je jouis, c'est peu qu'on me méprise ! »

— O toi, qui fus long-temps éloigné de ces lieux,

Rêvant pour ta patrie un avenir heureux ;

Toi, qui la revoyant, le cœur tout jeune encore,

Croit aux saintes vertus d'une ère tricolore,

Entre dans ce palais au superbe fronton,

Noir antre que régit le sceptre de Pluton ;

Suis-moi dans cet olympe, ainsi qu'heureux l'appelle,

Celui qui sait dompter la fortune rebelle,

Qui rusé se dérobe à son prisme changeant,

Au moyen des secrets de l'espion géant.

Déjà le dieu revêt sa parure de fête.

C'est l'heure où de festons il couronne sa tête.

Franchissons le portique ! — Eh quoi ! la vérité,

La rigide vertu, l'austère probité,

Qui de l'homme de bien sont l'ordinaire escorte,

Craintives, s'effrayant, s'arrêtent à la porte :

Et la franchise essaie en vain de la forcer.

Mais librement on voit le vice s'avancer.

Les perfides rapports, les trompeuses nouvelles,

L'audacieux mensonge aux ténébreuses ailes,
Sont les hôtes chéris de ce fatal séjour ;
Mais déguisant leurs noms pour s'y montrer au jour;
Sous de flatteurs aspects le crime s'y consomme :
Là le hideux Mensonge, habileté se nomme;
La Ruse prévoyance ; et le Vol bon calcul ;
La Loyauté s'y dit défaut de l'homme nul ;
La Fourberie enfin, s'y répute sagesse ;
Et seul on y connaît le règne de l'adresse.

Esclaves du hazard, organes de ses lois,
Déjà se font ouir ces impassibles voix
Du fantasque destin, capricieux augures,
Qu'une foule livrée aux muettes tortures
D'une attente cent fois, oui, pire que la mort,
Ecoute avidement, comme l'arrêt du sort.

. . . .

— Mais quel est clandestin ce furtif émissaire,
Qui presqu'officiel prononce avec mystère
Quelques mots apportant aux uns joie et bonheur,
Aux autres désespoir, angoisses et terreur ?....
L'agitation suit cette voix assassine ;

C'est l'agent de l'enfer, l'ange de la ruine,
Dont l'invisible main change soudainement
De ce flux et reflux le fatal mouvement.
Mais là, tout est gazé, tout dans l'ombre s'opère;
Pour de ce noir séjour comprendre le mystère,
Il me faudrait pouvoir lever le voile humain
Que posa sur tes yeux le créateur divin,
Te montrer du futur la redoutable arène.
Evoquant du passé la désastreuse scène,
Dans une déplorable hallucination,
T'expliquer par l'effet chaque oscillation.
Montrer à ton regard l'impitoyable roue
S'agitant dans des flots d'or, de sang et de boue;
Ecrasant chaque tour des milliers d'insensés
Par un appât trompeur autour d'elle amassés.

— Eh bien! quand sonnera minuit, l'heure fatale,
Recherchons le revers de cette saturnale;
A cette heure, où les morts, libres de tous liens,
Echappent un instant à leurs sombres gardiens;
Oseras-tu franchir cette sanglante mare
Qui défend les abords de ce palais barbare?...
Pourras-tu, dis-le moi, sous tes pas chancelants

Ecraser sans frémir ces cadavres sanglants,
Effroyable moisson, noirs fruits de suicides !.....
Verras-tu sans effroi ces fantômes livides
Devant toi se dressant, montrer à ton regard,
Dans leurs flancs déchirés la trace du poignard ?....
Dans leurs crânes ouverts la balle demeurée....
Se réveillant aux cris d'une foule éplorée
De mères, d'orphelins inondés de leurs pleurs,
Réclamant au trépas en vain leurs protecteurs ;
Sans espoir dévolus à la faim, la misère,
A la morgue cherchant le repos du suaire !

. . . .

— Ce n'est point tout encor ; l'infâme déshonneur
Portera son tribut à ce tableau d'horreur,
Des crimes conduisant l'escorte épouvantable,
A l'honneur de famille, hydre si redoutable,
Succombant sous le poids d'ignominieux fers.....

— Arrête ! c'est assez, mes yeux se sont ouverts !
Je le vois, le démon ennemi de la France,
Qui sur la soif de l'or veut fonder sa puissance,
Met le lucre honteux au-dessus des honneurs,
Fait de la nation un peuple de joueurs,

Gangrène son esprit, souille son caractère,
Et veut pour la dompter la rendre mercenaire,
Est le plus grand fléau qui lui puisse advenir ;
L'astre pernicieux a ses jours à venir.
Lutèce sous ce joug, oui, deviendra l'image
De la fille de Tyr, de l'horrible Carthage,
De cette ville d'or aux mensongères lois.
Trop heureuse patrie, hélas ! si tu ne vois
Sous un nouvel Hannon, fourbe, à la foi punique,
S'engloutir à jamais la fortune publique !....

Juin 1835.

LE

BONHEUR DU FOYER.

Convien che l'uno, e l'altro spirto scocchi,
Insieme vada, insieme stia in eterno.

L'Ariosto.

Doux charme du foyer, ô bonheur domestique !
Quel théorbe assez pur peut rendre tes douceurs ?
Par quels chants exprimer ta forme séraphique,
    Invisible aux vulgaires cœurs !

Eveille-toi mon luth ! la tache est noble et belle,
Elle veut des accords suaves, radieux ;
O lyre ! il me faudrait pour être digne d'elle,

.24

Tes sons les plus mélodieux.

Ah ! pour chanter l'hymen, couronne-toi, ma lyre,
Du myrte toujours vert, des plus modestes fleurs ;
Et que ma muse daigne un instant me sourire
    Pour peindre ses chastes faveurs.

O sainte déité du foyer domestique !
Charme de tous les jours et de tous les instants,
Toi, trésor indicible, éthéré, séraphique,
    De nos premiers parents ;
Toi qui constant, suivit l'homme dans son naufrage,
O seul bien immortel échappé de l'Eden !
Heureux celui dont l'œil aperçoit ton image
    Dans les champs de l'hymen !

O de ton front divin que l'éclat est céleste,
Quand tu couvres deux cœurs de tes voiles d'azur !
Quand tu répands sur eux la lumière modeste
    De ton flambeau si pur ;
Mais que peu de foyers, de ton aile brillante,
Prédestinés du ciel, hélas ! sont ombragés !
Que de murs enfermant cœur tendre, âme brûlante,

Par toi sont négligés !

Ah ! c'est que de Plutus fuyant les néophytes,
Sous les riches lambris et les somptueux dais,
Rarement on te voit près des vains sybarites
      Habiter les palais ;
Tu crains les nœuds dorés et les chaînes pesantes,
Tristes fruits du hasard ou de calculs pressans,
Qu'ils forment, y mêlant de leurs mains imprudentes,
      Les regrets impuissants.

Non, c'est l'accord des cœurs, douce union de l'âme,
Ces deux moi dans un seul, pure félicité,
Don précieux, divin, qui modeste réclame
      Ta fidèle clarté ;
Ah ! quand de tels liens appellent ta venue,
Daignant les éclairer de ton chaste flambeau,
Constante, les couvrant, sa flamme méconnue
      Brille jusqu'au tombeau.

O vous ! jeunes mortels, que le sort favorise,
Que sous un joug de fleurs l'hymen vient de ployer,
Et qui voyez en paix cette heureuse ombre assise

A votre doux foyer ;
Gardez, ô gardez bien cette hôtesse divine !
De sa coupe craignez d'altérer le cristal ;
Du froid oubli pour elle, ou de l'humeur chagrine,
    Le contact est fatal.

Plus rarement suivez la course fantastique
Des vains amusemens, des frivoles loisirs ;
Cortège révéré d'un monde chimérique,
    Altéré de plaisirs.
Ah ! craignez au retour d'éblouissantes fêtes
De ne plus retrouver sous le dôme d'azur,
L'ange qui fuit la mode et ses folles conquêtes,
    Pour le foyer obscur.

Oui, l'ange du foyer, le bonheur domestique,
Fuit la mode énivrée et son prisme changeant ;
Il est constant et doux, d'une humeur séraphique,
    Calme, tendre, indulgent ;
Mais il veut des amours longuement éprouvées,
Durables, à l'abri des volages désirs,
Qui ne puissent soudain un jour être enlevées
    Par l'essaim des plaisirs.

Fidèles aux sermens, ennemis des orages
Que provoquent toujours les folles passious,
Vivez, jeunes époux, vivez heureux et sages
      Loin des commotions.
A tout jamais unis sous les voiles modestes,
De l'esprit immortel doux transfuge des cieux ;
D'avance, préludez aux délices célestes
      Du séjour radieux.

Et quand s'avancera le couchant de la vie,
Tous deux, purs de remords, de regrets superflus,
Fiers de vos rejetons, mortels dignes d'envie,
      Couple aimé des vertus ;
Fortunés alcyons, les tempêtes cruelles,
Auront su respecter les fruits de vos amours ;
Qui viendront, s'empressant, ombrager de leurs ailes
      Le soir de vos beaux jours.

LA

SIBYLLE DU RUISSEAU.

Pensò, e poi disse : ben sarebbe Folle
Chi quel, che non vorria trovar, cercasse.

L'ARIOSTE.

Je ne veux point confier à la feuille
Que comme toi dans le ruisseau j'effeuille,
      Mon avenir;
Non, j'aime mieux en ma douce ignorance,
Dans sa couleur rencontrer l'espérance
      D'un souvenir.

Que je demande à la feuille légère

D'être aujourd'hui la pythie éphémère
    De mes destins ?...
Solliciter de l'onde murmurante
Du flot trompeur la peinture effrayante
    De noirs chagrins ?

Ah ! j'aime mieux, l'éloignant de la rive,
Interrogeant sa course fugitive
    De mon regard,
Lui demander sur quels bords amenée
Elle verra clore sa destinée
    Par le hazard.

Oui, ce rameau qui dans l'air se balance,
Nouveau Calchas, eut-il la prescience
    De mes destins ;
Laissant au sort ma course aventureuse,
J'écarterais sa tige ténébreuse
    Loin de mes mains.

Briguais-je donc la fortune inconstante ?
Sur ses faveurs mon âme indifférente
    Est sans desirs.

L'azur des cieux me vaut une couronne.
L'air des palais ? ah ! plus j'ambitionne
    Les frais zéphirs.

Quoi ! de mon luth prévoir la destinée ?
Savoir ma muse à la gloire enchaînée
    Par ses efforts :
Et deviner si le temps de son aile
Emportera de ma lyre fidèle
    Les doux accords ?

De ses accens mon âme est animée
Sans que l'espoir, non, de la renommée
    Guide mes chants.
Eh ! que m'importe alors que sur ma tête,
S'abaissera le funéraire faîte,
    Un vain encens !

Mais comme toi plus je redoute encore
De m'abreuver à la coupe incolore
    Des vœux trompeurs.
Sans évoquer un oracle éphémère,
Oui, je veux croire à l'amitié sincère

De quelques cœurs !

Et c'est ainsi que ma barque timide,
Hasardera sur l'élément perfide
   Son léger cours ;
Prendre du sort le calme ou la tempête,
Et sans regret voir la tombe muette
   Clore mes jours.

Octobre 1835.

LE CHATEAU

DES

COMTES DE CHAMPAGNE.

Nè più il palagio appar, nè pur le sue
Vestigia, nè dir puossi : egli quì fue.

Le Tasse.

Toi, que le vent des âges
D'un souffle a balayé,
Perdu dans les nuages,
Ton nom semble oublié :
La harpe fugitive
Aux magiques accens,
Seule accuse plaintive
Les ravages du temps.

A cette place, ici, dans ces lieux, ô mémoire !
Vieux château tu régnais sur les remparts troyens ;
Ici, dedans ces lieux, amour, honneur et gloire
De tes hôtes formaient les glorieux liens.

      Quoi ! nulles traces ? nuls vestiges ?
      Rien de tes splendeurs d'autrefois ?...
      Hauts souvenirs, divins prestiges,
      Ombres, levez-vous à ma voix !

Et d'un souffle puissant le barde enthousiaste
A dit à ces donjons sous la terre enfouis :
Flèches ! percez les airs, sur cette arène vaste,
      Reflettez le flambeau des nuits !

Et le donjon soumis, de ses flèches aiguës
A percé de nouveau le vaporeux éther ;
Portiques et crénaux, ogives contiguës
      Se dressent fantômes de l'air.

      Silence ! le manoir s'élève ;
      J'aperçois ses massives tours.
      Silence encor ! l'œuvre s'achève.....
      Tel il parut dans ses beaux jours,

Le château, demeure brillante,
Où vécut la race des rois,
Où Thibaut, prince à l'âme ardente,
Fut guerrier et barde à la fois.

Minuit sonne, le charme opère.
Vite évoquons les anciens jours ;
Evoquons l'ombre, le mystère,
La gloire et les tendres amours.
Debout ! roi, comte de Champagne,
Troubadour au glaive accéré !
Debout aussi, vous sa compagne,
Belle reine au front adoré !

Debout ! preux aux flottants panaches,
De la croix belliqueux soutiens,
Vous dont les pompeuses rondaches
Eclataient aux champs Syriens.

Levez-vous ! ombres magnifiques,
Dames, pages, barons, varlets ;
Inondez ces hautains portiques,
Repeuplez ce vaste palais ;

Sortez de la tombe muette,
Quittez les replis du linceuil ;
Levez-vous ! dans ce jour de fête,
Quittez les régions du deuil !

Debout ! châtelaine timide
Au front serein, au regard pur,
Secouez votre robe humide
Où resplendit l'or et l'azur ;
De votre blonde chevelure,
Séparez le réseau doré,
Et près de vous cherchez l'armure
Qui cache l'ami préféré.
Debout ! bachelette naïve
Aux yeux bleus, aux charmes naissans,
Unissez votre voix craintive
Aux théorbes retentissans.
Debout ! essaim de cythérée,
Fleurs chères aux légers amours,
D'une souveraine adorée,
Rehaussez les riches atours.

Mais écoutons ! le cor résonne ;

On abaisse le pont-levis.
— Courez ! la châtelaine ordonne
D'introduire les preux amis.

— Salut ! beau voyageur, viens-tu de Palestine ?
Ou plutôt d'Albion as-tu charmé la cour ?
Egarais-tu tes pas dans les jardins d'Alcine ?
Chantes-tu la gloire ou l'amour ?

— Noble dame, à mon luth j'ai trois cordes sonores,
L'une pour les amours, l'autre pour les combats.
Par fois chantant la rose et les frais sycomores ;
D'autre fois le cyprès, noir enfant du trépas.

— Laisse, beau troubadour la ballade plaintive.
Chante-nous les exploits du valeureux guerrier ;
Chante aussi des amours la saison fugitive,
Enlace le myrte au laurier.

Et soudain, saisissant sa lyre,
Charmant les échos d'alentour,
Le barde dans un saint délire
A chanté la gloire et l'amour.

26

Mille brillans flambeaux ont chassé la nuit sombre.
Le temps rapide fuit, et l'heure au pied léger,
Bientôt ramenera le jour vainqueur de l'ombre
    Et de l'empire mensonger.
    Aux sons d'une vive harmonie
    S'ouvre la salle du festin ;
    La coupe à longs flots est remplie
    Et circule de main en main.

    Les jeux, les ris et la liesse
    Captivent les hôtes joyeux.
    — « Sire, hâtez-vous, le temps presse,
    » De Vénus l'astre brille aux cieux.
    » Sire comte, prenez la lyre,
    » De grâce, un doux tenson d'amour ! »
    Thibaut prend le luth et soupire :
    — « Plaisir d'aimer, bonheur d'un jour !... »

    Il dit ; et sa main palpitante
    Va trahir le secret du cœur.
    Le luth vibre, sa voix tremblante
    Fléchit sous un charme vainqueur.
    La foule s'étonne, attentive ;

Qui retient le roi troubadour ?
De Blanche l'ombre fugitive
Honore-t-elle ce beau jour ?

Mais de Gallus l'oiseau se fait entendre,
Et par trois fois son cri frappe les airs ;
Tout fuit.... dans le cercueil tout vient de redescendre..
Tout rentre en la nuit des enfers.
Plus de donjons, plus de tourelles,
Plus d'ogives, plus de crénaux,
Plus de guerriers, de jouvencelles,
Partout silence des tombeaux !...

APPEL A LA LYRE.

Ma come i cigni, che cantando lieti
Rendono salve le medaglie al tempio,
Così gli uomini degni da' poeti
Son tolti dall' obblio, più che morte empio.

L'Ariosto.

Lyre ! présent des Dieux, mère de l'harmonie,
Ta voix céleste épand les trésors du génie ;
Chaque siècle t'invite à présider ses jeux ;
Le Temps fuit emportant les mondes sur son aile ;
Seule, toujours debout, ta jeunesse éternelle
     Dit que ton essence est des cieux.

Ainsi dans ses beaux jours de triomphe et d'ivresse,

Pour chanter ses héros la florissante Grèce
Du magique Thébain avait la lyre d'or.
De l'athlète invincible il proclamait la gloire,
Et le divin parfum des hymnes de victoire
     Sur l'Attique domine encor.

O lyre ! c'est à toi, lyre, fille immortelle,
Qu'appartenait jadis cette tâche si belle
De porter les hauts faits à la postérité.
Tu couvrais de rayons la couronne olympique,
Et tes chants assuraient au vainqueur héroïque
     La palme d'immortalité !

Les siècles ont passé sur ces jeux, ô ma lyre !
La muse d'Olympie a cessé de sourire.
La ronce a recouvert les temples des faux dieux.
Le règne de la force a fui tel qu'un vain rêve ;
Et sur ces froids débris un colosse s'élève,
     C'est le verbe venu des cieux.

Plus de courses, de jeux, plus de luttes ardentes ;
Les hivers ont flétri ces couronnes brillantes,
Qui paraient les héros de ces temps fabuleux.

L'or, le marbre et l'airain ont disparu sous l'herbe ;
Un seul être est encor triomphant et superbe,
  Debout sur le stade poudreux.

C'est Pindare ; c'est lui ; c'est sa pose sublime,
Alors que d'Hélicon touchant la haute cime,
Il parlait aux humains le langage des Dieux.
C'est lui ; plus loin encor sa vieillesse inspirée,
Honneur divin, s'asseoit à la table sacrée,
  Et prend part au banquet des cieux.

O puissance du chant ! tu traverses les âges,
Tu braves sans péril leurs dévorants outrages ;
Le monde est en progrès, tu marches sur ses pas ;
Il appelle aux vertus, honore le génie,
Et pour les célébrer la divine harmonie
  A ses grandeurs ne manque pas.

Berceau des troubadours, belle Septimanie !
Terre au brillant soleil, un bienfaisant génie
Plane mystérieux sur tes champs d'oliviers ;
Des enfants de Bitterre, il réveille la gloire,
Et veut te les montrer au temple de mémoire.

Couronnés d'immortels lauriers.

Beziers qui de son front voit luire l'auréole,
Doit au savant David sa bienfaisante idole ;
Paul Riquet vit ; debout, il domine ses murs.
Salut ! reconnaissance au nouveau Praxitelle,
Qui légua cette image à jamais immortelle,
     A la cité des temps futurs.

Salut ! mon frêle chant au pied du bronze expire.
Sous ce beau ciel d'azur, ô ma fidèle lyre !
Je subis le pouvoir du roi mystérieux,
Qui de sa verge d'or exalte le génie,
Et veut aux champs fleuris de la Septimanie,
     Fixer le Pinde radieux.

Ce Dieu, d'ombres voilé, munifique en sa course,
Cherche le gai-savoir à son antique source ;
D'une lyrique arène il pose le jalon ;
Il appelle au combat ; la poétique France,
Vers le temple du Dieu, pleine d'ardeur s'élance,
     Et le sylphe est son Apollon.

Dans le vallon sacré sa faucille moissonne ;
A l'immortel Riquet il tresse une couronne
Que ne faneront point les hivers meurtriers.
Bienfaiteur incessant, aux gloires il convie ;
Et défenseur des arts, il terrasse l'envie,
      Qui toujours s'attache aux lauriers.

O Beziers ! à tes murs quelle aube vient sourire !
Au bruit de tes grandeurs chaque cité soupire,
Appelle de ses vœux ton bienfaisant soleil,
Et voit dans les concours ouverts par ton génie
L'astre aux brûlans rayons qui de l'Ocitanie
      Annonce le prochain réveil.

Gloire à l'ange des arts, qui couvert d'un nuage,
De son aile embrassa le docte aréopage,
Alors qu'il réveillait la dette des aïeux.
A sa voix célébrant cette œuvre grandiose,
La lyre aux bords lointains porte l'apothéose
      Du héros, gloire de ces lieux.

Il a dit ; de Riquet l'image s'éternise.
Le souffle d'Hélicon, comme une fraîche brise,

Erre autour de ce bronze, œuvre d'un art divin.
L'artiste créateur a soulevé l'envie.
Malheur à l'envieux ! l'ange soudain convie
        Des bardes l'intrépide essaim.

Malheur à l'envieux ! — « Que l'offense s'expie,
» A dit l'ange vengeur ; Muses ! frappez l'impie
» Qui sur cette arche sainte ose porter la main.
» Guerre ! mort à la vile et basse jalousie !
» Que le grand homme en paix savoure l'ambroisie,
        » Assis à l'immortel festin ! »

Et l'essaim d'Hélicon tumultueux s'élance
Vers les champs où l'appelle une noble vengeance.
Les échos ont redit des accords inconnus ;
L'hymne aux cieux est monté comme une offrande pui
Et dans les bois en fleurs la brise encor murmure
        Les derniers accents de nos luths.

Tel que le noir frelon à l'aurore vermeille,
Convoite sourdement les trésors de l'abeille,
Ainsi fait l'envieux dévoré de soucis ;
Ah ! qu'il demeure en proie au chancre qui le ronge!

Dans l'Erèbe vivant sa passion le plonge,
 Esclave honteux d'Erinnys.

Du mortel vertueux, l'irréprochable vie,
Affronte sans pâlir les serpens de l'envie,
Et le monstre n'obtient qu'un mépris dédaigneux.
Ah ! de l'oiseau jaloux, non, l'impuissante haine,
Jamais n'arrêtera dans la céleste plaine
 Le vol de l'aigle audacieux !

TABLE DES MATIÈRES.

IMP. DE BOUQUOT. — TROYES.

www.ingramcontent.com/pod-product-compliance
Lightning Source LLC
Chambersburg PA
CBHW070211030726
47505CB00006B/1643